SPRING
野

更具体地生长

All This Wild Hope

既然世界已经崩坏，
为何不自己下一个定义呢？

是书籍教育了我，让我懂得了
自己看到的世界并不是唯一正确的。

恶女书架

SHŌFU NO HONDANA

[日]铃木凉美 著
蕾克 译

广西师范大学出版社
GUANGXI NORMAL UNIVERSITY PRESS
·桂林·

图书在版编目（CIP）数据

恶女书架 /（日）铃木凉美著；蕾克译. -- 桂林：
广西师范大学出版社，2025.4（2025.5重印）
ISBN 978-7-5598-6302-7

Ⅰ. ①恶… Ⅱ. ①铃… ②蕾… Ⅲ. ①随笔－作品集
－日本－现代 Ⅳ. ①I313.65

中国国家版本馆CIP数据核字（2023）第157038号

ENÜSHUJIA
恶女书架

作　　者：（日）铃木凉美　　特约编辑：徐　露　徐子淇
译　　者：蕾　克　　装帧设计：小椿山
责任编辑：彭　琳　　内文制作：陆　靓

广西师范大学出版社出版发行
广西桂林市五里店路 9 号　　邮政编码：541004
网址：www.bbtpress.com
出版人：黄轩庄
全国新华书店经销
发行热线：010-64284815
北京启航东方印刷有限公司印刷
开本：860mm × 1092mm　1/32
印张：9.875　　字数：118千字
2025年4月第1版　　2025年5月第2次印刷
定价：62.00元

目　　次

写在前面

即使身处至深暗夜，找不到照亮文字的光

不要把一切失败

都归咎于时代

不要放弃

那微弱闪亮的尊严

你们这些傻子啊

至少

要守住

自己的感受性

——茨木则子[1]《自己的感受性》

1 茨木则子（1926—2006），日本诗人、编剧、童话作家，被誉为“日本现代诗的长女”。代表作《不去倚靠》《在我曾经最美的时候》等。——本书页下注如无特别注明，均为译者注

“你看这里，爱达从窗户出去时，你觉得她为什么要背转身？”

这是我能回忆起的、最早的读书经历。

母亲热爱儿童书籍，以此为职业，在我识字之前，她就让我看了很多书，还时常让我回答难解的问题。这里的爱达是桑达克[1]的绘本《在那遥远的地方》（*Outside Over There*）里的

1　桑达克（Maurice Sendak，1928—2012），美国儿童文学作家、插画家。曾获美国图画书最高荣誉凯迪克金奖，也是第一位获得国际安徒生插画奖的美国作者。

主人公。爱达要去拯救被小妖怪偷走的妹妹，作者让爱达背转身体，倒退着从窗户出去，结果犯下了一桩大错误。

背转身，是为了避免忘带东西，还是这种姿势更容易跳窗？她总是这么出门的？幼小的我用有限的语言和笨拙的想象力回答着母亲。母亲的表情让我知道，我的回答在一定程度上让大人觉得有趣，却不是正解。于是我再次发挥笨拙的想象力，整整一个星期，每天晚上我死盯着同一本书的同一页，和母亲讨论。这样也不对，那样也不对。这种情况始于何时？又如常态一般维持了多久？现在记不清了。记得我六岁时搬到镰仓之前就这样，之后也如此。看来在我上小学之前，这种状态持续了几年时间。

每当我说点什么，母亲总是架子端得十足，来一句“说不定是这样噢”，然后继续翻页往下读。但是到了第二天，又告诉我：“也许爱达并不是怕忘带东西，你再想一想？”她期待我的小脑瓜里能浮现其他可能性。

这种事情连续进行了一个星期后，母亲又拿出一本艾斯[1]的《和我一起玩》(*Play With Me*)，带着我认真读起来。读到最后的场景，当小动物们聚集到女孩身边时，母亲又提问道："仔细看这幅画，前面铁格子似的东西，就像坏掉的栏杆。看到了吧？你觉得那是什么？"

我幼小的想象力由此变丰富了吗？我也说不好。我现在也不明白，爱达为什么会犯倒退越窗这种大失误，也不明白那诡异的画面为什么令我害怕。过了十岁，我腻歪透了这种读书方式，顺便烦透了母亲书柜里的奇幻故事和少男少女冒险记，只一心看起了漫画和朱迪·布鲁姆[2]的稍微带点儿黄的小说。除

---

1 玛丽·荷·艾斯（Marie Hall Ets，1895—1984），美国作家、插画家。屡次获得凯迪克奖，被美国图画书界评价为树立图画书典范的作家之一。

2 朱迪·布鲁姆（Judy Blume，1938— ），美国小说家。《上帝在吗？是我，玛格丽特》是她最畅销的作品之一。

了这些，别的都不看了。

上了中学，我的生活里出现了大量比漫画和小说更有魅力的东西。我看电视连续剧，看音乐节目，第二天和朋友七嘴八舌地讨论心仪的歌手穿了什么裙子，放学后去快餐店只凭最小杯的可乐霸位三小时，之后去卡拉OK竞唱流行金曲，试用口红和眉笔。无论有多少时间，只要用这些就都能打发过去。到了后来，话题里逐渐出现了恋爱和性，我开始觉得考试之前集中学习三小时都太浪费时间，青春变得热闹多彩起来。

母亲已经不拿桑达克和艾斯的书给我看了。她希望我坚守住几件事：入睡之前一定要看几页书，什么书都行；每个月至少读一本英语书；结交几位朋友，哪怕吵架了、意见不合、玩不到一起了，也不要放弃友情。叮嘱完这些，她又一门心思返回她的工作和兴趣里了。母亲在我房间里放了一个她自己的书架，摆着她中学时代青春期里读过的书。很长一段时间内，我一直以为是母亲房间放不下了，才把桥本治、金井美惠子、萨冈等人的诗集、小说、散文集和游记什么的放在我这里。我光打量着那些书名，从来没翻开读过。

上初中之前，我一直被锁在“小孩儿”的框架里。初中第一年，忽然发现身边的世界不断扩展，我一下子着了迷，开始迷恋快乐和刺激、眼前的刹那一刻，以及稍微背离道德的事。那里充满了最直接的刺激，与童话世界相比，这些刺激未经美化，赤裸裸的。父亲见我这样，就从书库中拿出几本书，对我说：“如果过去和妈妈一起读过的书不好玩了，说不定这几本更有意思。”书名我记不全了，能想起来的大概有村上龙[1]的

1 村上龙（1952— ），1976 年凭借首作《无限近似于透明的蓝》一举成名，该作连获第 19 届群像新人文学奖和第 75 届芥川奖；1980 年，根据轰动日本的寄物柜婴儿遗弃事件创作的小说《寄物柜婴儿》出版，该作于 1981 年获得第 3 届野间文坛新人奖。20 世纪 80 年代，村上龙与村上春树被称为“双村上”，前者的作品被喻为摇滚乐，后者的作品被喻为爵士乐。

《寄物柜婴儿》，迪克的《仿生人会梦见电子羊吗？》，阿瑟·克拉克[1]的《童年的终结》，村上春树的《去中国的小船》，井上厦的《蹦和愤》[2]，还有陀思妥耶夫斯基和远藤周作。我记得这些书最后有些读了，有些没翻开，长期以来一直在我书架上放着。

等到了十四岁、十七岁，我的世界以更加歪斜的形状扩展开去。也许在大人看来，少女的反抗心、对脱轨行为的憧憬、知识不多却喜欢独断的毛病、喜欢把一切事情都相对化的倾向等放到一起，无非是一场名为青春的高烧。但在当时，我无法忍受制约和各种乍看不合理的规则，以无视规则为快乐。那时

---

1 阿瑟·克拉克（Arthur C. Clarke，1917—2008），科幻小说家，与艾萨克·阿西莫夫、罗伯特·海因莱因并称为20世纪三大科幻小说家。代表作《2001：太空漫游》《童年的终结》《神的九十亿个名字》等。

2 井上厦（1934—2010），日本小说家、剧作家。小说代表作《手锁心中》和《吉里吉里人》曾分别获得直木奖和读卖文学奖。文中的《蹦和愤》是他的首部长篇小说。

的我浅薄、冲动、凡庸，看什么都不顺眼，无从懂得何为真正的自由，从未想过我因为讨厌规则而逃向的安乐之处，其实更是一种牢笼。

那时，我虽然成了一目了然的不良少女，但也开始拿起父母送给我的书，沉迷其中。我本能地感到自己语言匮乏，无法准确表达欲望和不满。通过看书，我渐渐回想起了从前与母亲的读书会话。我像一个干渴踉跄的拳击手，从书架上取下一本本书，去家中书库自发找书，在白天上课和夜晚疯玩的缝隙去书店寻书。学校图书室气氛阴郁，我不想去，图书馆还是喜欢的。过去我都是被动阅读，从这时起变成了完全主动摄入。

不成系统地读过很多书后，我找到了喜欢的读书方法。有人喜欢一边读一边浮想书中的情景，有人喜欢伏笔和结尾处的大转折，有人恋慕书中人物，我只是心无旁骛地追逐印在纸上的大量文字。我读书的快乐，就是邂逅电闪雷击般的、令我心服口服的字句，哪怕只有一行，哪怕不喜欢书中人物，哪怕情节不够紧张曲折，很容易猜到结尾，哪怕全文晦涩难解，我也会觉得读这本书很值。因为那时我读书，是想从中寻找语言来填补自己的表达空缺。我至今都会在喜欢的章节处贴便签条，给字句画线，在空白处写几句感想，这都是高中时养成的习惯。如今我也在读书，在字句中追寻如若雷击的感觉。

后来脱了高中制服，我照样是不良少女，去了完全没必要去的地方，掉进本可避开的陷阱，说了无数可以不说的谎言，给陌生男人倒酒，自己也喝酒，同时说着厌恶和嘲讽陌生男人的话。等我察觉时，我的身体已经浸染了烟草、药物和精液的气味，变得那么廉价，即使在摄像机前脱光躺倒，也只能换来一些小钱。

甚至有些时候，我感觉自己走到了见不到一丝光亮、如夜漆黑的至深之处，无力脱身，从此只能这么活着了。我心烦气躁，没志气，糟蹋着自己的人生，挥霍着青春，逃进了沼泽，明明被困住了动弹不得，却自以为比大多数世人拥有更多的自由。在色情影片拍摄现场，在俱乐部的 VIP 座席，在不知真正租主是谁的诡怪高级公寓，在太阳高照的繁华大街，我遭遇了无数危险。我任由自己的身体暴露在危险之下，胡乱浪费了自身价值，等到醒悟过来时，青春早已远逝。

最终我费了一番力气，逃离了那段自认青春的日子，考了研究生，当了公司职员，之后以写作为业。成为大人之后，一回想那段随时有可能堕人泥沼深底的年轻时光，就庆幸自己运气非常好。虽然我丧失了很多，后悔之事多到数不清，但没有死，没有发疯，至少幸存下来了，活到了已能自称“成熟大人”的现在，还有什么比这更幸运的呢。

实际上，我现在也觉得自己运气好。至今为止，我失去了很多友人。她们和我一样，是善良的好人，与我有同样的兴趣。她们有的死了，有的杳无音信，有的至今仍活在谎言里，有的堕入毒品深渊，有的面目全非。今年，我就要三十九岁了。三十九岁，就是那个白天在精英大企业上班，夜晚难以自控地在街头卖身，最后陈尸涩谷神泉小公寓的女人[1]的年龄，也是众多夜场女未能平安步入的年龄。

是什么阻止了我变成她们？在大多数场合下不过是机缘罢了。如果还有一种东西成了安全绳，把我和世界连接到了一起，那就是书页边便签条上的文字。我在夜世界求生时，经常不到一年就搬一次家，搬来搬去，但一直把书带在身边，能不扔就不扔。高中时的习惯现在还在，入睡之前，床边总放着书和便签条。我是个无知、不懂好歹、无视廉耻、没有道德观念，

---

1 1997年3月19日，东京电力公司某女性职员的尸体在涩谷圆山町的一间小公寓里被发现，死因为他杀。该名女性毕业于庆应义塾大学经济学部，白天以公司高管身份上班，夜晚在路上拉客卖淫。此案件至今未找到真凶。

也不讲礼节体面的人，是书籍教育了我，让我懂得了自己看到的世界并不是唯一正确的。

回溯自己的读书习惯，和母亲一起读过的桑达克，父亲送给我的小说，都是确凿证据，证明了我的幸运。我再清楚不过地知道，对年轻女孩来说，夜晚的晦暗、腐烂的空气、坏朋友、跌落黑洞的刺激感，这些多么具有诱惑力。你甚至会觉得，这个世界上唯有那里才有自己的容身之处，只有去那里，才能逃离眼下的苦楚。实际上，那里确实充满快感，甚至像某种抄近道，让你知道自己实实在在地活着，不是行尸走肉。

当年的同班同学，有的生了孩子，我看见小女孩的脸上渐渐显出了女人的模样，不由自主地想，社会这么残酷，世界荒唐无稽，夜晚漆黑不可测，坏人和坏地方就在你身边，我祈愿无论你做了什么坏事，堕落到哪个坏地方，身上都能有一根细弱的安全绳连着世界，让你咬着牙活下去。我年轻时堕过一次胎，如果孩子还活着，他刚好到了渐入青春期的年龄。

所以，这本书是为在青春时光里飞奔疾驰，可能会出卖肉体、可能会撒谎、可能会遭遇恶人的年轻女孩们而写的。我从自己青春期的救命书里选了一些印象尤为深刻的，想多多给大家介绍那些让我贴过便签条的、如若雷击的文字。我母亲曾经举重若轻地把这些书介绍给我，如果我也能把它们偷偷塞进青春浩瀚到闲得发慌的你的书架里，就太好了。如果它们能在一些时机引发你读其他新书的欲望，就更好了。你可以用这些书打发空闲时间，读着书，幸存到第二天的黎明。对那些在黑暗夜晚阔步向前的女孩来说，但愿这些书能变成救生圈，变成灯光和地图。

第一章

女人的　无意义之旅

萨宾娜感到四周空空如也，这种虚空就是她一切背叛的目标吗？

——米兰·昆德拉《生命中不能承受之轻》[1]

1 译文据韩少功、韩刚译本，作家出版社 1987 年版。

如果爱丽丝不是女孩

——刘易斯·卡罗尔[1]《爱丽丝漫游奇境记》

胆小而谨慎的幼年

进了幼稚园大门，对面是一座小巧美丽的礼拜堂，左边是一个小庭院，右边是朴素的平房教室。刚满五岁的我，在中班的下半学期进入这所幼稚园。在那之前，因为父母都要工作，

1　相关引文据周克希译本，江苏凤凰文艺出版社 2019 年版。

所以我上的是保育园[1]。后来等我到了稍微可以自己看家的年龄，加上家里和同楼几个邻居关系很好，就把我转到了幼稚园。我模模糊糊地记得，那时我胆子非常小，极其害怕在街上和父母走失，无论去哪里旅行，眼前的有趣风景都难入眼。我永远在确认自己的位置，生怕迷路，是个谨慎的小孩。

谨慎劲儿是从哪里来的呢？我想不出具体缘由。母亲总是很忙，性格冲动而自由，比如我们一起去博物馆，如果她的注意力被什么吸引走了，她就只顾看那边，顾不得管我。而且她一生气，就总会气鼓鼓地丢下我快步走开。在我的记忆里，母亲留给我的多是侧脸，说明我始终望着母亲，没有挪开过视线。我是家中独女，母亲没有把全部精力都集中在我身上这一

---

1 保育园以保护养育儿童为主，托管时间为每天八到十一小时，父母可在上下班时间接送，零岁到学龄前儿童皆可入园，入园前需要申请资格验证；幼稚园托管时间约为每天四小时，以教育和启蒙身心为主要目的，面向三岁到学龄前儿童。

点，让长大后的我感到很轻松，也很幸运。但小时候的我不会看地图，兜里也没有零钱，就难免胆小害怕。

小时候我害怕自己突然被父母丢在一边，变成迷路的孤独小孩。后来，以某段时间为界限，这种恐惧感渐渐淡了。究其原因，也许只是长大了，变冷静了。我不记得有什么明确的契机，只知道在那个分界期，我做了一个至今记忆犹新的长梦。我一般记不住梦的内容，但那个梦始终萦绕在记忆里。

梦见自己走丢了

梦的内容很单纯。我上的那所幼稚园，大门和礼拜堂之间的庭院最多只有二十米见方。在梦中，庭院眼看着扩展开去，大门和礼拜堂急速后退，越来越远，直到最后就看不见了，这时院里出现了一条陌生街道。街上有我见过的商店，也有陌生的蓝屋顶房子。就在我拼命寻找认识的人，或者能帮助我的人时，忽然看到附近那家经常路过的烧鸟[1]屋。隔着玻璃，我呼唤屋里的烧鸟师傅，不知是玻璃太厚，还是师傅只顾着烤串，他根本没有察觉到我。没办法，我接着在街上走，遇见很多朋友，还看见邻居养的约瑟犬被拴在角落。没有特别饿，也没怎么害怕绝望，我看到远方耸立着我家所在的那栋公寓楼。

当看到好朋友，大声呼唤其名时，我醒了，不用说，仍躺在自己的床上。这个梦说不上美妙，我在梦中没有焦虑，也不害怕，更没有莫名哭泣，只是梦境极其清晰。平时我最怕自己迷路，实际（哪怕是梦）经历后，发现并没什么大不了的。只有这种感觉而已。

小孩子的世界很窄，无非是自家公寓楼和幼稚园，但我

1　即日式鸡肉烤串。

明白了，自己没见过的世界广阔得无法想象。这个认知并不是慢慢习得的，而是有一天，遽然之间我被抛入一个比昨天广阔数倍的世界，如此反复经历之后，我意识到曾经以为身边就是全部的世界，原来竟那么狭窄。后来，通过上学、在大学求知、游历美国大峡谷、在外国经历一夜情等麻烦事，我也获得了这种认知，但小时候一个傻乎乎的梦，便捷径般让我清醒了。总之，就是从那时起，我从前过剩的谨慎渐渐消散，等到了青春期，开始走进本可以不踏入的世界，掉入本可以避开的陷阱，走了多余的弯路，经历了种种惨痛。这些经历说得好听些，是自由自在旁若无人，实际上，那会儿的我与谨慎二字截然相悖，变成了一个轻浮女人。

将地面规则统统化解的梦幻国

说到世界上最有名的梦境梗，当属英国数学家刘易斯·卡罗尔写的《爱丽丝漫游奇境记》吧。有关这本少女冒险记，大家印象最深的是迪士尼的同名动画片，还有近年蒂姆·波顿导演的电影《爱丽丝梦游仙境》。电影有种后传的感觉，剧情设定稍显无聊。我在十九二十岁时很迷这本书，那正是我迷途误入夜世界的时期。

故事的开始，爱丽丝拿着表匆忙追赶兔子，跳进洞里，“掉啊，掉啊，掉啊”（Down, down, down），一路缓缓掉落下去。这个场景和我缓缓落入漆黑夜场重叠在一起，仿佛此时此刻就发生在我眼前。爱丽丝掉入地下，地下是一个奇异之境，通行的规则道理与地面上的完全不同。爱丽丝在那里绝望过，哭泣过，很快恢复了平静。奇幻之境的居民们各自忙碌，没人在意爱丽丝，世界如常运转。爱丽丝没有目的，也没有信念，只是随意向前走。我把种种情节牵强附会到自己身上，觉得那么好笑。说起来，这本书其实是作者卡罗尔在船上给朋友的女儿爱丽丝讲的故事，最初手稿的标题是 *Alice's Adventures Under Ground*。

奇幻之境的入口处有着"喝我""吃我"的诱人字句，爱丽丝不假思索地照办，越发陷入幻境深处。后来的各种场面解说起来太麻烦，总之爱丽丝"渐渐习惯了各种荒唐的事情"，不时感觉"这儿都是疯的（mad）"。故事里一只猫说："我是疯的，你也是疯的。""你知道我疯？""你当然是疯的，不然不会到这里来。"读到此处，我感到脊背发寒。"麻烦你告诉我，我要从这儿出去，应该走哪条路呀？""这取决于你要去什么地方。""去什么地方，我并不在乎。""那么你走哪条路也就无所谓了。"

地面世界和奇幻之境的规则不同。地面世界推崇的道德观和教训箴言，在奇幻之境成了滑稽笑话，被置换成一种相似却荒唐的说法。地上众所周知的诗歌成了毫无逻辑的戏仿，就连统治地面世界的时间也不例外，在奇幻之境里，六点之后并不是六点零一分。爱丽丝摸不着头脑，她在地面学到的常识分崩离析，箴言诗句也记成了“你真的没法体会，那样做实在很痛快，他们拎起我们，连同龙虾一起扔进海”；喜欢从事情里找教育意义的公爵夫人说“任何事情都有教育意义，问题在于你要能够找到它”时，爱丽丝能用“也许其中并没有教育意义”招架过去。

女孩子拥有一种自由——无意义地存在

爱丽丝掉入奇幻之境后，遇到各种未曾见过的事物（有些动物是她听说过的）。对爱丽丝来说，这些事物很怪异，反过来，爱丽丝也是一种异物。她身临奇异世界，配合着事物的尺寸，吃下点心或蘑菇，让身体变大变小，游荡在奇幻之境里。遇到小门，她缩小身体；来到大房子前，她“先咬了一口右手里的蘑菇，等差不多长到两英尺[1]高了，才走上前去”。但爱丽丝是无意间误入的，她和奇境居民不一样，还保持着地面世界的常识和理性，始终觉得奇境是怪异的，也知道自己的反常。“让我想想，今儿早晨起来那会儿，我真就是原来那个我吗？我好像觉着，我还能记得感觉是有点儿不一样”，这两句随意的话，显示出她正在经历自我认知危机。她害怕，觉得奇境不合道理，却没有全盘否定，只是在体会不可思议之后马上接受了，并主动向前走。当鸽子一口咬定爱丽丝是一条蛇时，爱丽丝含含糊

1　1 英尺约等于 30.48 厘米。

糊地说服鸽子:“可我告诉你了，我不是蛇，我是……我是……我……我是一个小女孩。”

我觉得这种小把戏只有女孩才做得出来。换作男生，他们变身侠客英雄，敌强他亦强，即使误入迷境，也当是场冒险。他们用道理和正义去纠正混乱，为达成某个目的而拼尽死力。他们击败敌人，梦想做海贼王，试图根绝世上的邪恶，热衷收集龙珠。虽然成熟的大女人也有奇遇，有可能目睹从未见过的事，但男生更趋向从中寻找意义，给事物贴病名标签。

爱丽丝就没有这种兴趣，她既没有奋勇搏斗，也不给没见过的事下定义。她遇见的奇境居民不仅没有教育意义，还撇开她各忙各的，不把她当女主角看，她有时还会挨欺负。总之，孰友孰敌的区分对她来说毫无意义，那里完全是一个讲不通道理的奇异之地。她也会伤心，“我真有点后悔进兔子洞了”，又当即决定，长大后要把这段经历写成书，可见她并不怎么绝望。

对女孩来说，没有意义地存在，也是一种自由。

最麻烦的，还不是孤独……

爱丽丝掉进兔子洞本来就很荒唐，洞中世界更无条理，她都很坚强地接受了，没有抗拒。面对荒唐无稽，她会惊讶，怀疑自身的变化，几度烦恼，但并不怀疑洞中世界的合理性。爱丽丝只有一个疑问：“哟！今天怎么样样事情都怪怪的，昨天还挺正常的，会不会是我在夜里变了个人？让我想想，今儿早晨起来那会儿，我真就是原来那个我吗？我好像觉着，我还能记得感觉是有点儿不一样。可是，倘若我不是原来的我，那么下一个问题就是，我到底是谁呢？啊，这可是个伤脑筋的大问题！”

卡罗尔的这本书占了英国儿童文学史上极其重要的一页。

很多书评提到，在此之前的英国主流观念认为，儿童书籍必须有正面教育意义，这本书不但没有说教成分，反而戏谑了教育格言，故事不仅有趣，还很迷人。确实，这本书在儿童文学史上很重要，但没有必须汲取的道德意义。而且正因为不具备意义，比起现实类的训导故事，反而带来一种奇妙的感觉，它对荒唐无稽的洞中世界的描写是坦率的。爱丽丝面对荒唐世界，不从中寻求意义，一边镇定地接受，一边奋力向前。从她身上，我看到了在各种奇境里徜徉的女孩们的身影。

伴随着成长，世界会扩展，有时还朝着意想不到的方向，我为之迷惑、不知所措。世界荒蛮无情，改变了我的形状。我们越年轻越愚蠢，未经深思熟虑就潜身入洞，一路落向深处，遭遇众多剥夺我们原有价值观的事情；等我们完全成熟后，又会用善与恶、敌与友的框架去衡量那个偶然进入的奇幻之境，为自己的幻境之行寻找意义。因为驱动地面世界运作的是常识伦理，所以我们总是会为溢出常识的过剩部分寻找其存在的合理性。我也变成了成熟大人，多次受到社会的诘问。在质问攻击之下，我不由自主地为过去落入的奇幻之境安排上合情合理的意义，开始冷眼看待那些一味荒唐的东西。其实，无意义的自由才是最该珍视的东西，然而大人们都主动放弃了。

夜世界里有无数故事。在这里，白昼世界的道理不大行得通，你会遇到小人用不公平的规则攻击你。夜场人各自都是主角，忙于营建自己的故事，对旁人的故事不会多嘴，也不会强行添加意义。在夜场，没有人救你，没人为你的所作所为赋予意义。为此你会感到孤独，但你要知道，白昼世界的常识规则才真正棘手，如果你没有为自己总结出意义，没有准备好答案，他们就会否定你的价值。

某些人口中的“全球性通识”，终究是某些个人设定出来的。有人拿这种东西去衡量奇幻之境里的人与事，我和我的过去在他们的常识之下变得毫无价值，我会气馁。每当这种时候，我就会想起爱丽丝在奇幻之境遇到的国王。国王说：“如果其中没有意义，那就省去了好多麻烦。”“我们不必再去找什么意义了。”

女孩的硬壳之上，还有一层强有力的外壳

——弗朗西丝卡·利亚·布洛克《9 号少女神》[1]

十三岁的夏天

我在即将迎来十三岁前，第一次拔了眉毛。那会儿正是金曲排行榜没完没了地播放“长假”主题歌的年代[2]，当红歌手带动了细眉的大流行。我刚升初中的朋友里，已有几个人把

---

1 弗朗西丝卡·利亚·布洛克（Francesca Lia Block，1962—　），美国作家。原书名为 *Girl Goddess #9*。

2 “长假”即 1996 年 4 月至 6 月间日本富士电视台播放的电视连续剧《悠长假期》，主题歌 *LA·LA·LA LOVE SONG* 由久保田利伸和娜奥米·坎贝尔合作演绎，曾风靡一时。

眉毛修得很细。回想一下，我当时修眉可能是不愿落伍。最初我不知道有修眉夹这种东西，很费劲地用了镊子。当天傍晚母亲回来，从她的化妆箱里取出资生堂的修眉夹给我。母亲总是用眉粉把眉毛画得很粗，也许她年轻时流行这个，也许是她喜欢粗眉。我记得母亲递过来的修眉夹上套着微脏的塑料套，可见她平时很少用。

我开始修眉的时候，买衣服也不和母亲一起了，改和朋友去了。就在那段时间，我和朋友在 Sony Plaza[1] 第一次买了不同色号的美宝莲口红；把校服裙拿到附近的裁缝店裁短了，因为每天用腰带截短实在麻烦；看过 dos[2] 代言的欣香洗发水广告后，便和父母分开了洗发水的牌子。个子高的女生早就迎来的

1　日本连锁杂货店，现名 PLAZA。

2　日本流行音乐组合，1996 年出道，1997 年解散。组合名来自“dance of sound”的首字母。

大姨妈终于找到我了。放暑假后，我又为细到极限的眉毛买了埋隙用的眉笔，为向下的短睫毛买了“引体向上”的睫毛夹，为向两边扩散的黑头发买了用法简单的脱色剂。每天明明没什么事，也与好友们在外面会合，敏锐地寻找对方的外貌变化，传阅《Petit Seven》[1]，眉飞色舞地商量怎么对付腿毛，一本正经地讨论名牌钱包是普拉达还是路易威登的好，虽然那时根本买不起。

忍不住想对自己的身体做点儿什么

小孩的身体属于父母，还是属于他们自己？这说起来很模糊。在小孩的感知中，如果自己受了伤或者弄脏了身体，就

1　面向初高中女生的时尚杂志，小学馆出版，1978 年创刊，2002 年休刊。

连这种痛也是和父母共有的。之后，身体猛然回归孩子自己手里，他们理所当然就想实际感受一下，随心所欲地摆弄自己的身体。比如出于自己的意愿和谁上床，喝酒，说平时不说的话，用烟草弄脏肺叶。这些对成人来说是无聊小事，对小孩却具有无比的诱惑力，让小孩抑制不住地跃跃欲试。所以小孩穿父母厌恶的衣服，化和母亲那代人不一样的妆，也是这种仪式中的一环。

现在看着朋友家小学六年级的孩子穿着时髦卫衣，摆出可爱姿势，熟练地用手机自拍，我就觉得自己小时候因为信息封闭而土里土气的。那时尽管土气，我也照样按捺不住地想对自己的身体做点儿什么。在涩谷的高桥医院打第一个耳洞时我十五岁，等到高中毕业身上已经打了九个洞；那时为了用眉笔轻松描出想要的眉形，每天坚持拔眉，乃至现在双眉稀疏不对称；当年在日晒沙龙用机器晒到干黑的皮肤，现在经常闹小毛病。如今，年近三四十的女人也自称女孩；对我来说，我的身体徐徐发生着变化，用了极长时间，才从女孩变成了女人，有了现在的自己。

弗朗西丝卡·利亚·布洛克的《9号少女神》，写的就是女孩变女人这个敏感时期里发生的九个故事，里面充盈着水彩色牛仔裤、豹纹沙发、绿色m&ms巧克力糖豆和无糖可乐，有各种女孩登场。既有已经预感到以后要发生什么事的小女孩——“可是崔蒂·斯伊特皮已经知道了。她知道有一天她不能再穿崔蒂小黄鸟的泳衣，再进不去水桶，有一天冬天会降临，那种出现在热闹多彩的电视节目之间的黑白噪点似的冬天”，也有骄傲炫耀自己滑润皮肤的十七岁女孩——“我有秘密美容法喔，就是摇滚明星的体液”，之后死于吸食过量海洛因。她们都是尚未变成女人的小女孩。

快乐又耀眼的时间

身体渐渐回归自己手里——正处于这个阶段的女孩是一种特别麻烦的生物。她们内心不安，却肆无忌惮，肆无忌惮却脆弱易伤，脆弱易伤却满不在乎地伤害着自己和他人。很多危险的事是我们成年之后绝对不会做的，那时却做得不亦乐乎，还得意扬扬地炫耀，嘴上说着不要紧。很多在大人眼里看来并不难接受的事情，那时经常拼了命地抵触。很多人事后会觉得当时太傻，真受了不少罪。但是回想一下，再没有什么时候能与那时相比。那段时间快乐，光芒四射、独一无二，今后的人生再也无法体验了。

《9号少女神》里登场的女孩大多生活在少见的环境里，有着特别的痛楚。有人母亲自杀了；有人没有父亲，家里有两个妈妈；有人被霸凌，住在垃圾场一样的地方，身边看不到任何和美有关的事物；有人父亲身患癌症；有人发现自己热恋的男友其实喜欢男孩；有人父亲死去当晚，母亲便带恋人回家，三人住到了一起；有人满足于曼哈顿的快乐生活；有人因为高中毕业而尝到了自由解放的滋味；有人因为与朋友一起制作的私人杂志受到好评而欣喜若狂。但到了下一个瞬间，她们心中随即涌上轻微的无聊、细碎的绝望和尖锐的疼痛，种种心绪盘旋变化如走马灯。这种样子，完全就是“一个女人”或“一个成年人”即将从她们的少女身体破壳而出的状态。之前和两个妈妈相处得很亲密的女孩，忽然觉出家里两个女人并不是什么值得自豪的事，不仅不自豪，她甚至感到羞耻。

她们不止有一种烦恼，各种困难复杂缠绕。有时一种痛催生出另一种痛，有时她们忍不住想，只要一种痛消失了，也许其他困境就也会消失。有的女孩在毕业舞会跳过一曲后，在她一直憧憬、渴望成为其密友的另一个女孩身旁，就“密友”

的含义思索了一番。“如果父亲没有生病，但只要雷纳德亲吻过我的嘴唇，我就不会这么在意这件事了。”

无论是正处于青春期的人，还是曾在其中挣扎过的人，也许都有亲身体验——疼痛不是那么单纯的事。因为不单纯明了，所以引发焦灼。我年少时有一种扭曲的想法，如果一种巨大的困难让其他烦恼都暂时失色，我反而能心无旁骛地活下去。实际上，即使我在遭遇一种巨大的疼痛，各种小事也并未失色，反而纠结到了一起，而正是这团乱麻在牵扯生痛。就算打开一个死结，整团乱麻也未必能轻易而顺畅地解开。

女人也脆弱

对于故事里的女孩们来说，身边的大人们实在讨厌。

“不用他们告诉我，我也知道童话不会成真。”

“小拉不敢抬头，也不敢动，她开始讨厌罗斯老师了。”

“她忽然厌烦了伊吉和阿纳斯塔西娅，不想和她们说话了。她们总是想去理解所有事情，对一切事情都做出解释。”

“爸爸离开家后，妈妈真的疯了。只要我和男孩子在一起，她就会生气。”

大人之所以不好对付，也许是因为少女们身体的全部或者一部分，也是大人的所有物。少女们尚未完全蜕变成女人或大人，她们无从得知大人也是从同样的苦恼和疼痛中蜕皮而出的。因为不知道，所以她们做着大人不做的游戏，干大人憎恶的事，嫌弃大人这里那里不好，将自己和大人区分开，拒绝变成大人。她们有时甚至会伤害自己，最坏的情况下，即使付出生命，也要阻止自己顺利地长大成人。因为她们知道，就算不愿意，自己也必须长大，最后变成敌人，变成自己讨厌的那种人。

没有一种答案或解决办法，能缓和青春期的疼痛。就算身体彻底从少女变成了女人，可以自由地打洞或文身，有了性体验，疼痛也久久难退。即使是这样，《9号少女神》这本书也像一剂药，能缓解少许青春蜕皮时火辣辣的痛。我们可以从中学到大人也受着伤，怀着痛楚，很脆弱。明白了这些，无论是小说里的少女还是我们，面对青春期疼痛时就会坦然一些，不再认为唯有自己在痛，在承受不公平的惩罚了。

当然，即便学到了这些，或者早就明白了道理，日常生活依旧平淡，突发事件依旧残忍，伤口依旧鲜血淋漓。所以书里的女孩和我们一样，学会用崔蒂小黄鸟泳衣、20世纪70年代的银色厚底鞋、摇滚音乐会、仰头灌下整瓶啤酒和粉红色的迷你裙装点出光彩炫目的时间，糊弄着度过了青春，享受了青春。

时而做圣母，时而做妓女

——弗朗索瓦丝·萨冈[1]《你好，忧愁》

绽放在暗夜里的女人　闪耀于白昼间的女人

仰望东京塔，它在白昼明亮而愚直的阳光下显得粗陋、毫无风情，入夜后却比东京任何地方都美丽动人，我觉得它像妓女。十几岁时，我很憧憬电影《赤线地带》[2]里的阿休（若尾

1　弗朗索瓦丝·萨冈（Françoise Sagan，1935—2004），法国作家。代表作《你好，忧愁》曾获法国评论奖。萨冈一生共出版 30 多部作品，她的写作常被认为是当代许多人精神状态的写照。相关引文据余中先译本，人民文学出版社 2008 年版。

2　沟口健二导演，1956 年上映。

文子饰）和《红颜祸水》[1]里的维诺妮卡，以及左拉笔下娜娜式的迷人娼妓。她们靠成熟女人的肉体和风情技巧出人头地，周旋于陌生男人之间，取悦他们，被世间低侮和蔑视，又将世间的恶意当作养分，变得更加美艳绝伦，成为浮世羡慕的女神。她们没有选择向上伸展，而是选择了绽放。在不愿意相信自己的青春终将丧失的我看来，这种人生态度充满决然之美。见识过这种美丽之后，就觉得那些在白昼阳光下以粗陋之姿站在男人身边试图闪光的女人不够精明，很愚钝。

一纸两面，在憧憬娼妓的同时，我对生活在白昼阳光下精致而优雅的女人，也怀有同种程度的向往。她们与世人的同情和轻蔑无缘，身在高处，反而可以堂而皇之地藐视某些人。我在母亲的外国杂志报纸剪贴簿上看到一个采访，对象是三名

1　原名 *Dangerous Beauty*，马歇尔·赫斯科维兹导演，1998 年上映。

美国精英女警，其中一人以犯罪心理专家的身份做到了很高的职位，貌美不输名模。她们威风凛凛，气势逼人，相比之下娼妓的美艳显得那么廉价而短暂。

年少时，这两种憧憬在我心中是同在的，并不矛盾。两者各有特性，都是她们自己，如果挑选一方的话，只有完全放弃另一方。而我优柔寡断，不舍得放弃，所以度过了雅俗混淆的青春。现在我已成人，既没有变娼妓，也没有成为精英，两种憧憬尚在，并未消失。仔细想想，有时我虽然接近了一方，也始终恋恋难舍另一方。现在我倒是觉得，我哪一方都不选，哪一方都能在表面上伪装一下，这种人生也不错。

十七岁少女在某个夏天的计谋与动摇

娼妓或圣母，正妻或情人，处女或荡妇，精英高管或用肉体赌输赢的女人，“安侬族”或“JJ 女大学生”[1]……人们总是用两种极端的分类去框住女性。原生家庭的影响固然无法否定，然而，人在社会中的位置不像血型，并非与生俱来，而是在社会生活里主动选择的结果；而且，对女性的分类更多情况下是以男性标准做出的。正妻或情人这两种分类之所以截然处于两极，是因为中间夹着男人，出于他们的视线。当然，女性视线下的男人也能被分类：可结婚 vs 仅限一夜疯；有利可图 vs 值得认认真真谈个恋爱。决定当前社会结构的大多是男性，所以男性主导的分类法也更主流，具有强迫性。好在现在已有很多女性，以及过去完全无意识的男性，都已察觉出这种分类法是片面的。

---

1 “安侬族”指喜欢看杂志《anan》和杂志《non-no》的女性。这两种杂志偏个性文艺，喜欢用外国模特，介绍最新的年轻流行，塑造文艺偶像。《JJ》是以女大学生（特指二十世纪八九十年代的女大学生）等年轻女性为目标读者的时尚杂志，由光文社出版，风格相对保守，偏甜美精致。

即使意识到了这种结构，人的意向和感觉也不会立即发生变化。所以，当看到一个人同时具有截然不同的两种属性，发觉这个人不易被分类时，外人就会动摇。比如爱看书的妓女、享受性事的母亲、充满性诱惑力的学者，她们只要存在，就会引发争议。面对这样的人，不仅男性内心产生动摇，与她们立场不同的女性，甚至她们自己，都会对自身所处的位置感到焦躁不安。

萨冈在十八岁时发表的第一部小说《你好，忧愁》，描写的就是十七岁少女在某个夏天见到父亲身边的两个女人后，心生出的计谋与动摇。小说后来被拍成了电影，由珍·茜宝主演，她在片中的发型被命名为“塞茜尔短发”，在日本风靡一时。小说写出了情绪摇曳不稳的少女的激情，以及少女对父亲难以言喻的占有欲等微妙感情，出版至今一直很受欢迎。我在高中时，通过塞茜尔的眼睛目睹了女性的两种生活方式。塞茜尔没有母亲，父亲生气勃勃，充满活力，是个有各种可能性的男人，颇有女人缘。故事的开始是某个夏天，塞西尔与父亲，以及父亲的妖娆情妇艾尔莎去南法别墅度假。这时，优雅、厌倦又冷漠的安娜也来了。[1]

知道自己可能会被否定后，随即而来的恐惧和不甘心

即将十八岁的塞西尔正值青春，非常机敏，马上发现了两个女人的不同意义和所处位置。年轻的情妇艾尔莎二十九岁，“这是个身材高大、头发棕红的女人，半像上流社会的淑女。她在香榭丽舍大街的画室与酒吧间混事，和蔼可爱，颇为朴实，并不装出一本正经的样子”。之前父亲可能找过几个类似的情

1　此处参考中译本，与日文原文稍有出入。

人，毕竟他每隔半年就换一个女人。艾尔莎大概动摇不了塞西尔和父亲的关系，不算大问题。

而安娜四十二岁，从事服装业，“生就一张美丽、高傲、厌倦和冷漠的面孔，仍然十分迷人，深受欢迎。人们唯一能指责她的，就是那种冷漠。她既亲切又冷淡。她身上显现出一种坚定的意志，一种使人不安的心灵的沉着”。父亲和塞西尔交往的多是些爱热闹、爱喝酒的人，与之相比，安娜喜欢与优雅而理性、行事谨慎的人来往。塞西尔与父亲的关系，以及他们的生活，都可能因安娜而发生变化。尤其是塞西尔懒得学习，安娜力劝她应以学业为先，而不该成日悠闲地度假。

父亲的疏忽造成艾尔莎和安娜同时来度假的局面，两个女人知道此事后，表现出不同的惊讶。艾尔莎得知安娜要来，先细问了安娜的社会地位。而安娜从塞西尔口中得知艾尔莎也在，脸忽然变了样，嘴巴也颤抖着。敏锐的塞西尔对钝感的父亲说："你不是让安娜感兴趣的男人，她太精明，太高自尊了。而艾尔莎呢？你想过艾尔莎没有？你能想象安娜和艾尔莎之间的谈话吗？我可没有想！"果然，这个夏天不像乐观的父亲预计的那么顺畅。

安娜在度假时也精心保养，显得高雅而知性，她以此为傲；反过来，被太阳晒伤皮肤的艾尔莎的王牌则是自己比安娜年轻十三岁。共同生活期间，安娜对艾尔莎极其友善，塞西尔却认为"安娜要是说上一句硬话，准会觉得艾尔莎荒唐可笑。我在心里也赞扬她的耐心和宽厚，没有意识到这里面也夹杂着精明与机灵。我父亲不久就会厌倦这种残酷的小争斗"。

一方面，塞西尔不太拿艾尔莎当回事儿，觉得艾尔莎在她控制之下，亲切随和是理所当然；另一方面，安娜曾是塞西尔母亲的朋友，是塞西尔非常向往和尊敬的人，她也担心自己喜欢的东西不那么高雅，也许会被安娜看不起，这种恐惧与反抗心同在。毕竟安娜“简洁明了”地认为，他们共同的某个熟人是个“小脑袋”。安娜回击塞西尔自诩正确的一些观点时曾轻蔑地说：“您有一些时髦的观点，不过它们没什么价值。”

父亲笼络着情妇艾尔莎，同时想与安娜结婚，故事情节和塞西尔的内心一起变得荡漾起伏了。塞西尔敏锐地感觉到，对父亲来说，一边是想迎娶的安娜，一边是情妇艾尔莎，两种关系绝非同质。如果父亲和安娜结婚，那么不仅仅是父亲，连她自己的生活，也会发生根本变化。

无论轻薄，还是正确，都脆弱不堪一击

塞西尔和父亲都有一颗可左可右的自由心，喜欢轻佻而快活的事，她自诩虽然没有安娜那样铁一般的信念，与艾尔莎相比还是善于思考的。她听说父亲想和安娜结婚之后，“我想

到了我们三人将一起过的生活。这是一种由安娜的文雅与机智来巧妙平衡的生活，我过去羡慕安娜有这种生活。一些聪慧、优雅的朋友，一些平静而愉快的晚会……我突然鄙视起喧闹的酒席、南美人和艾尔莎之流了。一种高尚的、自豪的情感涌入我的心”。

塞西尔在心里描绘着这种生活，但与父亲和安娜谈过之后，她又想：“一切都已经完结，将轮到我来受安娜的影响、指引，我将由她改变。她将以聪明、讽刺、温柔来对我施加影响，我不可能抵抗她，过上半年，我甚至连抵抗她的意念都不会再有了。”此时，安娜的聪慧和文雅都变得如此可恨。塞西尔认为，这样一个四平八稳、无可指责、正确的安娜插进来，将威胁自己和父亲的自由，塞西尔讨厌这一点。她和父亲需要用外部的喧嚣来保持内心的平稳，安娜肯定不赞成。想到这里，塞西尔决定利用自己的男朋友西利尔和艾尔莎，设下陷阱让父亲和安娜分手，并将自己的心境变化都归咎于夏天的炎热。

塞西尔阴谋的结局，最终归结为一种心情，那便是小说的标题——忧愁。小说里有一个重要安排，最开始便暗示艾尔莎是一个随时可被替换的人物，果然她一下子就被真爱型女友安娜击倒了。不过，她作为情妇，也对安娜形成了威胁。安娜与艾尔莎相处时十分自信，内心充满余裕。父亲是个单纯的风流浪荡之人，即使他证明自己还年轻，未失活力和男性魅力，也不能在抛弃艾尔莎之后，又返回去追求她——塞西尔的阴谋就是看穿了安娜的这种心态："这样一点是安娜所不会容忍的，她与别人一样曾是一个临时的情妇，她的尊严，她的自重，使我们的生活变得多么困难呀！……"

从这种角度看，无论是看似轻浮的艾尔莎，还是看似正确而端庄的安娜，都脆弱到不堪一击。那个夏天，十七岁的塞西尔还意识不到这一点，高中生的我也想不到这些。最终，安娜的存在被击碎了，我久久忘不了这个结局。“我突然明白，我攻击的是一个活生生的、易动感情的人，而不是一个物体。最初，她一定是个稍有点内向的小女孩，后来成了姑娘，成了妇人，她四十岁了，孤身一人，她爱一个男人，她本来希望能与他愉快地生活十年，可是我……这个面容，这个面容，都是我作的孽。”直到此时，塞西尔才懂得了安娜是多么脆弱。

尽量把轻松心态保持长久

我上高中后，觉得喧嚣的夜晚和混乱的大街才是我的氧气，就是在这时，我开始阅读萨冈。之前很长时间里，光看书名，我以为《你好，忧愁》是自我意识过剩的青春期小女孩特有的伤情故事，所以一直没有读。直到年过三十，才读起了新译本。一半，我看到了自己十几岁时也曾经历的小绝望；另一半，我看到了建立在绝望之上的自己的未来。艾尔莎和安娜这两种截然不同的女人类型，确实是通过男性视线加以区分成像的，我不想彻底拒绝男性视线和标准，只是觉得既然两种类型都有脆弱的一面，都很光彩夺目、莫测难言，那么我想时而做荡妇，时而当圣母，尽量把轻松的心态保持得长久些。哪怕这两个位置被塑造成两极，我都觉得，只要我们不拒绝重新定义视线，就能从中叛变而出。人们想当然地以为，有些领域是不可侵的，可是在此域与彼域之间机敏地横跳穿梭，谁说不可以呢?

女高中生拥有的单间自由

——铃木出海《随时都是午茶时间》[1]

所剩不多的有代表性的城市暗角，便是卫生间

女高中生眼中的自由之地太少了，久而久之，卫生间就成了满载回忆的地方。学校能吸烟的地方只有卫生间，有时一个单间里甚至有两三个人围着马桶抽烟，聊聊期末考试，说说周末要去歌厅唱什么歌，之后用浸湿的厕纸包好烟头，丢进马

1 铃木出海（1949—1986），日本作家，演员。原书名为「いつだってティータイム」。

桶，不留痕迹地冲走。心里一清二楚的老师们经常来回检查，运气不好的友人被当场逮住，挨了停学处分。午休时间，我们在卫生间的镜前仔细化过妆，用冷水和便利店买来的香波洗掉过为面试而临时喷的黑发喷雾。

校外大街上的卫生间是女高中生的自由小宇宙。在涩谷车站附近新建不久的大型 CD 租借大楼的卫生间里，在收下一万日元后我第一次看到了男性生殖器并目睹了射精场面；在神南邮局对面的大型 CD 店的卫生间里，我收下过号称合法却十分可疑的药片。过去的流行歌里，经常出现窄街暗巷之类的地方，近年来，城市街道整体上越来越明亮，设计得越来越健全，那种看不透正在发生什么事的窄缝暗角越来越少。所以，卫生间堪称所剩不多的城市暗角的代表。

从前，道玄坂上大书店（现已拆除）和涩谷中央街 CD 店的卫生间，我每天必去。尤其书店大楼是 1998 年开业的，卫生间崭新干净，高楼层的卫生间人往往不多，不至于排队。我经常进去，并不是为了上厕所，别看我是个肆无忌惮的女高中生，如果平白让别人在外面久等，其实也会有点儿不好意思。由此也能看出来，我多么中意这里。

这家书店高楼层的卫生间，我主要当作更衣室，脱下校服换穿私服之用。女高中生的制服是魔法标签，能给没有任何才华、资历、经验和知识的“无价值”青春少女，标上时而高达一百万日元的价格；但同时也是束缚衣，穿上之后，就被锁进了女高中生的定义框架，在想要飞出框架的夜晚，制服很碍事。所以，晚上想要喝酒，参加什么活动，去哪个俱乐部或男女联谊酒吧临时挣点儿零用钱时，就需要走进欢街上的宇宙——卫生间，脱下白日校服，换上夜晚的装束。

涩谷新书店的大厦四层，亚文化类的书架里

高中时代这个介于白天和夜晚之间的时段，给我留下很多回忆，回忆里自然还包括书店或 CD 店的卫生间。之所以一直记得，也许是因为白天的校服，在世人眼中是高中生的标签，夜晚的装束，是从制服里完全逃逸后的形象，而介于两者之间的姿态，才最接近我们的真实模样。此外，高中也是一个中间转换期，我们即将从受父母庇护的小孩蜕变为大人，这种立场格外贴合校服与私服之间的换装状态。

高中有图书室，我没进去过。虽说我去繁华街区的书店是为了换衣服，但也算是每天进书店了。高中时期读的很多书，就是在涩谷这家新开的书店（Book 1st.）里遇到的，因为那家店里有适合换装的卫生间。我身上的东西，能老老实实收服在学校制服里的那部分，是父母和老师喜爱的；而溢出制服之外、

只有私服才能容下的部分，他们会惊讶，不理解。毕竟他们是教育者，在所难免。对我来说，这家书店是我备战夜晚的更衣室，也是我的文学和音乐老师，甚至可以说，它让我懂得了学习。白天学校的无聊课程、以无聊为工作的教师们并没有教会我这些。如果我当时的生活只用一身制服就能完全装下，我便没有必要去寻觅适合换装的卫生间了，也不会每天都去那家书店。那时实在憋屈无聊，以至于需要用一排排新书安放视线，不然受不了。这座城还是随和而包容的，至少容纳了我这种鲁莽而无礼的女高中生，从结果来看，也将我培育成了一个不至于深陷暗夜走不出的女人。

那家书店也许因为建在涩谷，经营母体相对年轻，与新宿的老牌书店（纪伊国屋书店）、东京站附近的巨型书店（丸善书店）相比，气氛上宽容开放得多。书店可谓“意义的集合体”，高中时代的我之所以喜欢涩谷那家书店，是因为那家店不惧怕无意义的东西，不仅不惧怕，还全力肯定。我喜欢去一层的杂志角看时尚和文化类杂志，那儿不仅有最新刊，旧刊也齐全；地下层的艺术书籍和画册别提多酷了；还有顶层的漫画架，我经常看到忘记时间，醒悟过来才发现，预定的夜晚活动要迟到了。

有段时间我常去那里的六层卫生间，后来发现四层的其实也很空，就改用四层亚文化书架附近的卫生间。最初经过书架时，我只是用视线余光扫一下，后来就走过去找书了。我在那里找到的书，包括一套几年前出版的铃木出海选集。粉红色封面在书架最上层排成一列。抽出一两本，就看见封面全是荒木[1]拍的作者肖像。铃木出海在照相机前几近赤裸，她的文章时而直率感性，时而思辨，虽然明快，但微微有种对世界已经

1　指摄影师荒木经惟。

不抱幻想了的绝望气息。她以模特、演员和作家等多种身份为20世纪70年代留下浓重色彩，三十六岁时用长筒丝袜上吊自杀了。关于她，我隐隐约约只知道这么多，只知道她戏剧性的死，而她在自杀之前经历的戏剧性和非戏剧性的人生，我一无所知。

收集一些如若雷轰的文字

铃木出海在随笔集《随时都是午茶时间》里是这么描写自己的：

“从精神病理学的角度看，我是个有意思的标本。创伤情结比别人多两倍，随时处于情绪两极，爱憎交互出现。极度敏感，也非常钝感。与敏感相比，钝感的部分广阔得多，没办法。”

女高中生本就自我意识过剩，女孩在这个年龄段里，觉得自己的价值时而大过亿，时而小于零。那时，我不由自主地向往冷静理性的人，就是说，我有一种倾向，有点儿看不起自己通过直觉和感性做出的选择。但话说回来，女高中生没有知识，没有责任感，她们想象的理性有时乍看合理，实际上非常冷酷。而我自己，无论怎么看，在性格上都是一个做事冲动、跟着感觉走的人，总是用“愉悦”和“恶心”的标准判断事情，想破了脑袋，也不知怎样才能接通理性。

铃木出海好恶分明，不惧直率表达，她有足够的体力，能从上方俯视自身，做自嘲揶揄。我那时深信，她这种体力就是我一直想要的理性。当时她坐着计程车出没在新宿、浅草和原宿，在生活中不畏惧彰显感性。在我看来，她对自己的感性充满自信，这意味着她知道自己是孤独的，异于这个世界，她喜欢自己的孤独。

“我经常随口说‘因为我的人生很绝望啊’。我当然知道，绝望这个词，对正常人来说是很凄厉的形容。我说出来的时候自己也不相信。我使用着没法相信的词，想把自己内心深处的黑暗都掏出来。”

这本随笔集成形于20世纪70年代，离我出生的年代很近。关于那个时代，我只能借着大人们的语言做一些想象。铃木出海怀孕时，孕吐严重，却被丈夫说“你就是个疯子”，无论怎么想，这都不是一帆风顺的人生。但她在谈电影和音乐时语气是那么活泼，有时甚至嗨爆了。她不怨恨时代和命运，也不过度自虐，只在自我剖析时毫不留情。有段时间，我在那家书店除了换装，每天必做的就是一本接一本地站着读铃木出海的书。既不是想追什么起伏跌宕的故事，也不是想从中学到什么，我只是喜欢寻觅她文章里大量震撼我心的字句，把它们一句一句收集起来。

虽然这种无聊人生还得暂时继续

“大多数音乐在欺骗听众。这种欺骗性是音乐本来的属性之一，没办法，并非做音乐的人有意而为。摇滚乐是尤其善于欺骗人的音乐，听着会很安心。我们身上动物性的一面在摇滚乐里变得兴奋昂扬，有些感觉膨胀开、压倒并且麻痹了其他感觉。摇滚乐是电动按摩器。摇滚乐讨人欢心，给人安慰，让人消愁解气。我觉得音乐就是这样的东西。”

另一家 CD 店在我心里与涩谷那家书店并列，里面也有我钟情的“小宇宙卫生间”。看过铃木出海的书后，我在 CD 店里就只逛摇滚乐区了。在此之前，比起流行的 R&B 和说唱乐，我更喜欢朋克摇滚。现在想起来，铃木出海说 R&B“无论节奏多么激烈，多么欢快，根底里都暗涌着苦痛和烦恼”，对我影响很大，奠定了我的喜好。现在返回头去重读高中时代的书，仿佛看到了自己现今信念的地基土，那种感觉很微妙。我由衷地庆幸当年遇见了这些书。

“问题的关键是速度。我觉得人生的绝对量值从最开始就已设定好了。”她这样写道。如今我已活过她死时的年龄，觉得自己很幸运，因为我在那个小女孩和大人的交界期里，在白天与黑夜、校服与私服的缝隙时间里，遇到了一个信任感性、保有理性的女人的文章。无论人生多么无聊，看样子我还得暂时继续走下去。当年雷鸣般击穿了高中女生身体的无数语句，教给我几种对峙孤独的方法。至少可以说，赤忱而放浪的铃木出海用她自己的活法，让我懂得了几种聪明办法，帮我熬过了青春期。

“我觉得我们都有罪。这样想的话，所有事都能说通了。所以，人生再怎么艰难，再怎么没意思，也得活下去。”

我为了换衣服每天都去的书店和 CD 店，后来变成了快时尚店，再后来连大楼都被拆了。可惜。我祈愿街区残留一些随和与包容的角落，以便让女高中生们安然度过学校制服容纳不下的夜晚。

第二章

那些　性教会我们的事

现在她不再回想伏尔加河上的那个月夜，也不再回想那些爱情的剖白，更不回想他们在农舍里的诗意生活，而只回想：她，由于无聊的空想，由于娇生惯养，已经用一种又脏又黏的东西把自己从头到脚统统弄脏，从此休想洗得干净了……

——契诃夫《跳来跳去的女人》[1]

1　引文据《契诃夫短篇小说选》，汝龙译，人民文学出版社 2015 年版。

与资本主义、爱都无法相容的身体

——冈崎京子[1]《pink》

以娼妓的身份旁观社会，就会发现……

收钱和谁上过床之后，就能明白一些事。不对，不是明白，或许应该说“看出来”。那就是人们讨厌矛盾，自身却做不到不矛盾。人们为了隐瞒这种不一致，非常聪明地用本来不存在的颜色，将世界区分成不同色彩，用本来就有的颜色加以涂抹，

1 冈崎京子（1963— ），日本漫画家。代表作《恶女罗曼死》被改编成电影《狼狈》。

率先为自己制造出炫目幻象，以便熬过现实生活。

这个道理其实不用卖淫也能明白，但人们有种错觉，以为付出金钱就可以弥补矛盾，所以容易粗心大意。若想旁观社会的扭曲和大道理的马脚，娼妓是再合适不过的位置。在娼妓面前，掏钱的一方拿“购买”当借口，从罪恶感和恶心感中得到片刻解放，背离自己平时相信的大道理，毫不脸红地妄想，做变态之事。他们把“我付钱了”当作最强借口，却还抱着“未必真正买到了”的幻想不松开，妄图拥有金钱买不到的东西。嫖客从始至终都是个矛盾体。

卖淫常被称为世界上最古老的职业，据说在资本主义出现之前的古希腊和古罗马时代就已存在，但要说开花结果盛大起来，当然还是在资本主义时代。卖淫通过真实肉体进行交易，象征了世上一切事物皆可成为商品，同时也给人以教训，让人痛感有些东西是金钱买不到的。比如一个在陪酒小姐身上消费了巨额金钱的男人有时心态会崩，就是因为他看似购买了小姐，却始终没能得到手，他忍受不了这种矛盾。一个内化了这种矛盾的娼妓，首先通过自己的肉体，然后通过购买者的身心，最后通过提供这种消费的场所，学习到了现实毫无整合性，充满了矛盾。

越来越多的人喜欢用“活着太难了”来形容现实社会，但在出卖性的人群里，很少有人这么说。不是他们不发愁或者更聪明，而是他们已经死心了——有什么可疑问的呢？等不来答案的，已经见过太多，世界这么污秽、这么矛盾，崩坏成了这个样子，人活着怎么可能一身清爽、毫不费力？绝对正确的答案是不存在的。有这些想法的人，自然不会在生活中玩什么寻谬游戏。他们只会把一切都放在一边，暂时忘记，任凭世界如何变化，他们守住几个优先事项——只要有了这些，就能活下去。

牛郎就像应人所需的空盒子

听说，在瘟疫蔓延的当下，去歌舞伎町牛郎店的客人也不见少，店里的营业额反而比以前更高了。原因之一就是，牛郎店与外界隔离，自成一体。另外，对一些客人来说，牛郎店是她们的“优先事项”，是一个可以暂时忘却现实的地方。这一点说起来可能太常见了，没什么新鲜感，但无论如何，牛郎是一种简单易懂，又触手可及的“优先事项”。

牛郎店给社会提供不了多少正面价值，客人在那里吃不到什么营养而美味的食物，即使是本来还不错的高价香槟，如果先用一次性木筷搅拌放气，再一口气灌进肚子，也跟白水区别不大了。那里看不到什么特别精彩的表演，享受不到特别的性服务，对美容和减肥没好处，想亲密而深入地聊点什么，背景音乐又太吵。

尽管如此，或者说正因如此，牛郎店才成了一个容器，人们可以在里面消耗自己拥有的全部体力、心气、金钱和时间。那里就像一个应人所需的空盒子，我们把自己渴望的刺激和幻想投入进去，把牛郎店建造成自己坚固的“优先事项”，让自己相信无论外界怎么天翻地覆，只要有了这里，自己就还能撑得住。牛郎店的常客姐姐们经常自称“牛郎疯”，是因为普通人不会把牛郎店当作“优先事项”，而姐姐们神魂颠倒的耽迷状态，恰如其“疯”。即使和购物、赌博、喝酒或吃药等方式相比，牛郎店也极具优势，因为里面能容纳下、包装出各种故事，自由度更高，是凌乱现实生活的暂停键，带人飞进幻想里。

既然世界已经崩坏，为何不自己重新定义呢？颠倒崩塌的耽迷状态推翻了普通人的优先顺序，这其实是一种有效的逃生手段，反之也充满危险。比如，她收入颇丰，因为耽迷牛郎，导致房租、水电费和饭钱都拿不出来，可明明这些才应是最优先事项。她拿不出时间和精力与家人、普通朋友交流。在她眼里，一年后的生活、健康甚至寿命，都不如今晚的快乐重要。劳动基准法是什么？她顾不上，她没日没夜工作，一心只想挣钱。她这么挣钱，是为了找牛郎玩，也只有牛郎才能慰藉她的辛劳，给她鼓劲儿，让她继续拼命。就这样，目的和手段严重依赖，胶结到了一起；同时，这又佐证了现实世界充满矛盾，她为了弥补现实，才不得不这么孤注一掷地追逐幻想。

生活在荒诞东京的荒诞个人

其实不必在牛郎店里孤注一掷，有人用更特别的手法暂时抛开了现实。冈崎京子在 1989 年发表《pink》，女主角由美既是一个普通职员，也是应召浴[1]女郎。有一段时间，由美通过和宠物鳄鱼一起生活，在矛盾社会里维持着一份平衡的心态。她“想过电视剧里的生活，想过《anan》杂志模特似的生活”，看着从花店买来的最喜欢的粉红玫瑰，她想：“如果有钱就能买到这么美丽的东西，那我愿意不顾一切地工作。”由美就是这么一个与东京资本主义和谐共处的女孩子。

鳄鱼对由美来说，是刺激，是谜题，一天要吞十公斤肉，给她带来很大的经济压力。她觉得“就算工作很无聊，每天吃便宜的 B 套午餐，我都能接受，因为我有鳄鱼”，“为了守住这个，我什么都可以做”。对她来说，鳄鱼让世界变得可接受，是她的优先事项。同时也可以认为，只有鳄鱼在，她才能平静，

---

1 指接到预定电话后派女性前往情人旅馆等场所提供性服务。原文为“ホテトル”，为旅馆（ホテル）和土耳其浴（トルコ風呂）的组合词，后来该意义中的土耳其浴渐渐被“泡泡浴”取代。

反之则会崩溃。

由美的母亲已去世，现在一个“图谋父亲钱财的贱女人”占据了“母亲”的位置。每个月由美要经由那个“脏女人”从父亲那里领取房租钱。对她来说，无论正常工资、做应召浴女郎的收入，还是淫贱继母递给她的房租，只要变成肉，进了鳄鱼的胃，就都一样，意义上的差别消失了。鳄鱼凶猛冷酷，什么都吃，无论世界变成什么，它都能生吞下去。在一天结束时，鳄鱼给了由美最好的幻想，仿佛一切都变得顺畅了。牛郎虽然也危险、方便、冷淡，能吃掉各种来路的钱，有时也吃比金钱更重要的东西，但依旧比不上鳄鱼，因为鳄鱼能面无表情地吞掉活生生的人。

继母生的妹妹还在上小学，敏锐得不得了，是个能看穿事情本质的角色，正如妹妹所说：“大人好色，谎话连篇，自相矛盾，最可恶了。”确实，世界很荒诞，充斥着无聊的工作，可恶的客人，穿着去世母亲的和服四处招摇的淫贱女，打电话叫了应召浴女郎的嫖客刚才还满口“母狗”之类的下流脏话，转眼又在电视节目上用“清洁口吻”大谈动物保护，这世界毫无条理可言。同样，由美把幻想投射到鳄鱼身上，想钻空子在这个世界活下去，她本身也毫无条理可言。她一边说着“想早点嫁人”“希望拥有海螺小姐[1]那样的美满家庭”，一边在听到同事梦想“嫁个有钱人”时暗自翻白眼，“那么喜欢钱的话，去卖身不就好了”。由美充满矛盾，她对此没有罪恶感，也没有自我怀疑，既然生活在荒诞的东京，那荒诞的个人就没什么好奇怪的。

1 出自长谷川町子创作的的四格漫画《海螺小姐》，连载始于 1946 年，终于 1974 年。同名电视动画片从 1969 年连续播放至今，每周日傍晚六点半准时播出，从未改变。海螺小姐的故事无特定的时代背景，表现市民家庭日常生活，主题一般是主角海螺小姐为了鸡毛蒜皮的小事大惊小怪，情节简单，最大的危机可能只是谁偷吃了好吃的、爸爸上班没赶上电车之类。故事里没有困难、没有烦恼、没有讽刺和批判，永远平稳、欢快，充满希望。

由美就是这么一个无敌女子。如前所述，有鳄鱼她才能保持平静，没鳄鱼她会崩溃。鳄鱼在时，她站在废品和垃圾的山巅保持着岌岌可危的平衡。鳄鱼走失的瞬间，她脑中立刻涌上无数问号——我为什么在这里，我为什么能站住——双腿一软便颓倒在路边了。

故事里，鳄鱼被坏人带走了，其实也可以理解成鳄鱼预感到了爱，所以选择主动消失了。因为在此之前，由美和继母养的小情人——一个年轻作家上了床，干得停不下来，鳄鱼看到后心里很不安："主人现在的状态，究竟是什么呢？"

幻想消失之后，会出现……

总之，由美变得摇摇欲坠，后来因为预感到了爱、金钱和逃离东京的可能性，又一下子站直了。她看到了新幻想，找到了将幻想具象化的手段，自然而然，她的心又平静下来了。故事结尾，只考虑当下不多想的由美，在委身新幻想之前，果断无视了杂沓噪声，“与我无关”“无所谓”，开始等待幸福的到来。

而我是读者，看到了更多“只考虑当下不多想的由美”看不到的东西，所以觉得这本书的结尾很残酷；而且这种残酷，与由美的应召浴女郎身份有关，与爱的暴力性有关，与她一口咬定的毫无关系的事有关，所以觉得更加残酷。由美以为有了牢固的幻想，就能在东京的污秽里保持平静，保持“毫无关系”。但实际上，她就活在污秽里，她和污秽是因果关系。我作为读者，读到这里不禁黯然。

那么，失去幻想的人会怎样呢？至少由美失去鳄鱼之后，暂时有了一个新幻想，恢复了“平静”状态。确实，只有具有更大普遍性的东西才能成为崩坏了的世界的暂停键。如果不是这样，就很危险。但话说回来，以鳄鱼为寄托难道真的不可以吗？鳄鱼是那么帅酷的动物，牛郎店是表面光鲜的盒子，如果我们用帅酷的鳄鱼、表面光鲜的空盒来承载浪漫幻想，作为活下去的寄托，真的太危险吗？

如此说来，《pink》里的反派年轻继母，过去也酷爱照镜子，不择手段弄到一切想要的东西，与资本主义关系亲密。现在，虽然在小学生女儿面前虚张声势，说什么“以后你要像妈妈这样幸福哟”，她看似刀枪不入，实则内心烦躁不安，她也豢养了自己的宠物——年轻男人。在这个幻想破灭的瞬间，她的烦躁不安也达到了顶点。

其实没人能保持平静

《pink》的时间背景是20世纪80年代到90年代前后[1]，与

1 日本泡沫经济时期。

此相比，从 1993 年刊行的《爱的生活》开始，冈崎京子的作品显得更焦躁，不再“平静”，开始着重描写崩塌。《恶女罗曼死》《我很好》《吉娃娃》等相对后期的冈崎作品之所以最近被拍成电影，是因为更接近现今时代的女孩吧。现在人们更关注不平静和崩塌，主张“活着太艰难，我平静不了”，没人能保持心态平和。

我个人同意，人活在此世是平静不下来的，也觉得人终归可以在不平静中找到幻想。虽然拿危险的幻想做暂时抵抗同样是非常危险的，但除此以外，还能从哪里获得平静呢？比如，当了娼妓就会亲眼看到这个世界充满欺瞒和矛盾，对此，了不起的老师也许会说：“你要正视让你无法平静的东西，把想法变成语言，要去认真地烦恼。”

认真地烦恼也许是一种逃生手段，可惜我不是每天都有这个体力，而且因为平静不了，所以不觉得认真烦恼有多么高明。

最近宇佐见玲的《偶像失格》得了芥川文学奖，这本小说描写了将追星作为优先事项的主人公，谈的也是幻想与丧失。无论是《偶像失格》的主人公，还是《pink》里的由美，都因为丧失了优先事项，从而丧失了平静。说起来，两个人物都是愚蠢的，她们本已预见自己终将丧失，却以为只要救命稻草还在，自己就能满不在乎，由此深陷岌岌可危的状态。我们不可能知道由美在故事结束后怎么样了，但我觉得，反正所有人都无法自持，她们至少获得了短期的平静。她们不仅很聪明，还是幸福的。在所有人都无法平静的滑稽世界里，平静的瞬间哪怕短暂，我也想去爱这样的时刻。

不过是一两次性事而已

——岸田秀《性的唯幻论序说（修订版）》[1]

对女性来说，AV 和 TENGA[2] 都很无聊

我不知道有多少女性认真看过 AV，不仅仅是在炮房酒店里当背景音哦，要认真看过，讲得出故事梗概的那种。过去人们只能从录像带店里租，或者从歌舞伎町的相关商店购买 AV，

1　岸田秀（1933— ），日本心理学家、作家。原书名为『性的唯幻論序説　改訂版「やられる」セックスはもういらない』。

2　日本品牌典雅（TENGA）发售的成人用品、情趣玩具的代称。

而现在网络上都有免费视频，和从前相比，可以推测认真看过的女性多一些了吧。刚看时可能会觉得新鲜，但其实除了面向深度爱好者的片子，类似一边吃虫一边干事，小型麦克风塞阴道，强迫憋尿，穿着吊带内衣的家庭教师突然开始脱衣服，“接下来我们来学这个”什么的，普通 AV 都大同小异。翻来覆去，都是些现实中绝对不可能发生，但在 AV 里是家常便饭的场景，除非找到特殊的观看角度，不然谁看了都会感觉无聊。

面向深度爱好者的片子也很神奇，“谁看了这个会‘性奋’啊？”日本的色情影视行业不仅对应了广义范畴的性兴奋，对有特殊爱好的人也照顾得很细致。这么看的话还好，但具体到一部片子，估计很少有女性会为之感动，只会为其彻头彻尾的无聊而感到震惊。我是女人，对我来说，AV 不仅无聊，而且无用。有多无用呢？就像生日时别人送的 TENGA 一样无用。

我曾经出演过成人影片，是从业者，工作时都会看影片的情节剧本。如果是熟练的AV女优，只要掌握了套路，有没有剧本都无所谓，无非是几种固定场景、固定服装和固定角色的排列组合而已。比如其他家人都出门了的场景，女优就是最开始反抗后来有了“性趣”的妻妹；换成会议室，女优就是搞“套装诱惑”的精英白领。只要一看到场景，就明白后面要演什么。

就是这种东西，拥有巨大商业市场，大人们在认真费力地制作，每年要连续推出几万部新作。对此，大多数女性顶多露出“哦，原来是这样啊”的表情，但并不明白其中的真实原因。女性不明白也是理所当然，因为色情片不是供人闲暇时享受的娱乐作品，其主要目的是帮助阴茎勃起，完成射精，而大多数女性原本就没有阴茎。从这个角度看，与漫画和电影相比，AV更接近情趣玩具。当然也有例外，有些影片很出色，可以视为作品，剧本也很讲究，这种只是制作人员在基础目的之外夹带了私货的结果。

go go bar[1] 和原味内裤店

我作为女性，从事过性产业，长年在卖笑行当里待过，也果敢地进过一家曾经由男性员工独占的公司，像旧时代的男子一样在大学里苦学过知识。尽管如此，说实话，我至今对男人一无所知。

过去，我在东南亚某性交易地带偶然结识了一个老头。我见他带着一个漂亮姐姐，还以为是从 go go bar 带出来玩的。再问才知道姐姐并不做这行，而是洗衣店的员工。老头和她商量好了价钱，付了与 go go bar 同样的价钱，雇她做两天情人。老头的口气就像在说："这地方，左看是出台酒吧，右看是妓院，中间是站街女，我特意花钱雇了其他行当的女人来玩，这

1 泰国和菲律宾常见的卖淫场所。

种心情你不懂吧？”确实，我至今都记得，听完后我的感想是他不想真心恋爱，只是花了同样的价格，特意找行外人上床，这种心情我一毫一厘都理解不了。

我把此事讲给其他男人听，很多人表示不理解，何必费那么大劲儿，去高级酒吧找个漂亮小姐不好吗？我可不想花钱和人上床；也有人认为多少能理解一点儿。男人们当然不是万众一心。那时我还年轻，只是想不明白这件事是和嫖娼一样差劲，还是该归类为“真恶心”，抑或根本不值得大惊小怪。

我想起自己高中时在原味内裤店里干过。当时，我看着那些为内裤或堆堆袜[1]付出一两万日元的男人，同样不知道、不明白他们图什么，也不想知道。我不懂他们花大价钱购买的究竟是什么，他们哪个身体部位得到了满足，所以根本没感觉被侮辱，只觉得幸运。堆堆袜穿过一次就能以一万日元卖出的我

1　松弛地堆在小腿和脚腕上的白色长袜。

和想花一万日元购买我当场脱下的袜子的男人，我们构成了这个世界。

长期置身夜场世界的坏处就是，你会变得绝望。因为抱有愚蠢欲望的男人太多了，你见过太多后，会绝望地认为男人这种生物不可理喻。

——拆解男性的性兴奋

岸田秀的《性的唯幻论序说（修订版）》里有这样一段：“我在大学课堂上曾讲过，‘要是遇到强奸，那就主动张开大腿，笑眯眯说请吧，要大力加油啊。这样强奸犯就会软掉吧’。”还引用了松浦理英子的话：“女权主义者不应该把强奸看成对女性的最大侮辱（中略），我们要大力主张强奸根本不算什么。”

岸田认为，“强奸男通过侮辱女性感到兴奋，所以不要表现出受辱来让男人得逞”。[1] 当然了，岸田秀和松浦理英子并不是在为强奸犯辩护。他们旨在讨论一种理论上的可能性——可以反手利用强奸犯的性质和意图，击破强奸犯的虚势。

作为一名女性，我其实想干脆地啐一口，我才不想知道男人因什么而发情呢！但同时，我也觉得了解这些还是有意义的。如果能将男性的性兴奋原理一一拆解开，也就意味着我们可以激发他们的性兴奋，亦可将其一举摧毁。

本书是 1999 年出版的《性的唯幻论序说》的修订版，作者针对十年来的时代变化又增写了一部分。每当我心生疑

1 以上内容易引起误解。松浦理英子在 1992 年 3 月 13 日刊行的《朝日 Journal》文章里提出，强奸犯的主要目的是想看到女性被强奸时的自发的耻辱感，所以她主张不让强奸犯在这方面得逞，只要性命还在，就要勇敢无畏，笑着俯视一切，宣扬“即使如此，女人也坚不可摧”。岸田秀引用该段后，结合自己在大学课堂里的发言，表示自己和松浦在这一点上意见一致。

问——为什么我看不懂男人们在想什么，为什么男女双方无法互相理解的时候，这本书就是我的支柱。它的大前提是：

“人类是本能已经损坏的动物。”

“与性相关的一切，并非出于本能，而是基于幻想，所以是文化的产物。人类从根本上说是无能的，性是消解无能的对策，也是失败的证明。”

在这样的前提立场下，这本书广泛分析了卖淫、强奸、女性的商品性、色情产业、爱与性的分离，以及性别歧视（女性歧视）。读者可以从书里学到，男女的非对称性决定了两者无法互相理解，女性被单方面地认定为“被动”的一方，这种歧视构成了女性的不利条件。正因如此，“本能已经损坏”的人类，才有了男女两方完全不对等的性事。书里也由此指出用“男性本能”来为嫖娼、慰安妇和强奸等行为现象做辩护，就是狡辩和欺瞒。

男女不可能同时满足

我得承认有些事情我弄不懂，那么就保持不懂，这种做法并不吃亏。我嘴上说着完全不理解男人的道理，眼睛里却看到他们有时简单到傻气；我自以为理解了他们，我抛开他们，兀自从性事里获得了安心感、金钱和“我是个好女人”的幻想，获得了大叔们的支持，就这么活到了现在。

在岸田秀的书中，出现了幼年缺爱的玛丽莲·梦露说的话：“长大成人之后，我找到了获得爱的简单办法——只要脱掉衣服就好了。”

绵矢莉莎的小说里有个主人公，为了从母亲无处不在的管控下逃离，“特意选了个卑劣男做男朋友”。小说里还出现了一反传统女性作风，转而追求性欲解放的“自由的女人”，“真心喜欢出卖肉体的女人”，以及遭到强奸后继续与强奸犯保持性关系的女人。这些角色都有自我欺骗的一面，都有看穿男人本质的一面，也都各有伤口。

男女各有各的道理，各自有欲望和欠缺。如果男人利用女人的性质，女人利用男人的性质，双方得到满足，至少在表面上还算成功的双赢。然而，这种双赢的关系真的均衡吗？并不是的。观察一下就知道，近代与性相关的事，都是以男性性欲为中心的。很多人会发现男性更容易成为施害者，女性更容易成为受害者。与男性施害者的自我欺骗相比，女性的自我欺骗更加脆弱易碎。另外，像我这种自以为看穿了男性、能化其为己用的女人，其实在男人眼里再方便不过了，正好为他们所用。

岸田在本书里提出，人类的性本能已经损坏，为了存续，把重点放在了男性性欲的恢复上，导致女性的性欲被忽视，女性被迫沦为让男性产生兴奋的性对象。以上结论可以看出，与政治、经济、学术等领域的性别歧视相比，性交领域里的性别歧视更复杂，因为涉及了形状不同的生殖器和性欲。作者也在书中指出：“男女双方满足性欲的方式是有分歧的，故而让男性满足的方式不可能同时也让女性满足。”

我认为现代女性不能仅仅自矜已经看穿了男性的本质，更应该用头脑学习，带着琐碎的不满，随时感知自己的困境，保护好自己，去寻找不掺杂自我欺骗的幸福。

性事在过去只是“性交”而已，但现在不一样了，现在成了一种紧张的对峙。一方是已经学会了各种男性理论的女性，另一方是意识到了自己的天然加害性，从而产生自我厌恶，拼命想让羞怯的阴茎快些勃起的男性。这么一想，“本能”是一个多么方便的借口，过去只要借助这个谎言就够了。而现在男女双方的心态更加复杂而慎重，必须用各自的私心小心翼翼地磨合调整。在我的感觉中，现在早已不是说“虽然上过床，但我什么都不懂”的时代了，性事也变成了一场复杂的工程。

然而性事是一种解放自我的时间

——山田咏美《缠足蝴蝶》[1]

开始察觉到自己容貌有市场价的年龄

在乐观的幼年时代，我不懂很多事，其中之一就是自己相貌的大体市场价。我不机灵，没眼色，也不会讨人喜欢，然而直到小学毕业，我和总共不过几人的朋友在一起时，态度都很颐指气使。那时我刚从英国回来，穿衣打扮惹眼，自以为是

1 山田咏美（1959— ），日本作家。原书名为「蝶々の纏足・風葬の教室」。

朋友圈的轴心，天真地以为外界所有人也共享着我们小圈子的空气。

上初中后，我渐渐发现女孩的人生之路是由外界评价决定的，而非小圈子内的位阶排序。由此我知道了，我从镜中看到的自己，与外界看到的我，存在着很大的错位：每天坐巴士去学校，巴士站里隔壁男校男生的视线集中在离我很远的地方；休息日去原宿玩，面目可疑的大人把名片大多递给了我身旁的女孩。这些事让我不得不修正对自己容貌的认知。总之，那时的我隐约看到了真相——我并不像自己感知到的（其中掺杂着希望）那么可爱。我后悔这种自知之明来得太晚了。

初三时，我和自幼要好的女孩一起参加面向初高中生的滑雪营。我们上的不是同一所初中，但我们的经历从幼稚园时代起就大体接近，穿衣风格类似，都刚刚开始不熟练地化妆。滑雪营最后一天，那女孩先后被几个男生叫出去。他们缠着她告白，说想和她交往，有人约她下次单独约会。我一一看在眼里，彻底知道了自己相貌的现实。那时问我要小灵通电话号码的，大多是辣妹打扮的高中生前辈姐姐，没有一个男生向我告白过。这种状况对我来说是家常便饭，被男生簇拥也是那女孩的日常。她假装犹豫，未做明确回复，这种委婉的回绝方式，也是她早就做惯了的。

长大后我懂了，决定自我价值的要素众多，男人的评价不过是其中之一，如果把人生的重心过分放在那里，就很容易迷失自我。话虽如此，但对少不更事的我来说，我没有一张能让一大群男生追着向我告白的脸，明白这个事实时，我的内心很失落。这种小小的失落感虽不至于浇灭人生活力，但也足以降低我对即将到来的青春的期待。小小的失落感沉落到纯粹的、胆怯的、自我意识过剩的少女心里，如落雪积累，之后往往容易引发错误的补偿。

这种错误补偿的方式，最不费力的就是性方面的肆意而为，恋爱和上床都包含在内。回首青春期，很多人都有同感吧。

虽然感觉不对劲儿，也不肯放手的短暂安乐

最终，从那时开始的很长一段时间里，我的举止做派就像一个很容易搞到手的小姐。众多男人循味而来，我假装这些人与滑雪营的告白男生们是同等质量，从他们身上得到了短暂满足，但没有获得自由。只要和男人上床，我就能假装自己是一个至少能让男人勃起的女人。只要把自己和自己的性视为一体，就能幻想那些为性而来的男人是为“我”而来的。如果给性定好价格，那么“我”的价值更加真实可视。这些让我有了错觉，内心的那些小失落仿佛从未累积过。所以说，青春期的

性蕴含了众多意味，不单单是快乐、示爱，或肉体摩擦，还是超级万能的猛药。

我在肉体的快乐里，在发生性关系后的男人们的视线和话语里，找到了兴奋，感觉自己所向披靡、无所不能。但同时我也隐约知道，这只是短暂的安乐。性事生产出的“我的价值”非常脆弱，不足以让我终身依靠，就像一种赝品，不知何时会崩塌，消失得无影无踪。话虽如此，但性实在太快乐了，戏剧性地拯救了我的自尊心，我舍不得丢弃，所以尽管感觉不对劲儿，也一直不肯放手。我从初中到高中时很喜欢看山田咏美的小说，正是这些小说，培养了我青春期时的很多情绪，也包括上面的想法。

“十六岁的我，已经看遍了人生。”

《缠足蝴蝶》以此开篇，我看这本小说时，刚去过滑雪营，不情愿地发现了自己不招男生喜欢的事实。小说里的主人公少女瞳美用早熟的眼光打量男人。当她第一次走进男人房间，被男人吻了，她脑中浮现出另一个少女，辛辣无情地批评了她。“我不觉得初吻有什么可感伤的。我想起绘里子说过，她放学后第一次被前辈男生轻蹭了一下嘴唇之后就哭了。我看不起她。”这之后，少女和名叫麦生的少年开始做爱，她的注意力集中在肉体相交上，刚才脑中浮现的另一个少女的名字消失不见了，“我找到了一个把她赶出脑海的办法”。

另一个少女绘里子，住在主人公少女瞳美的隔壁，与主人公同龄。绘里子有一个优雅而年迈的母亲，一个住在别处、在美术大学教书的伯父。绘里子没有上幼稚园，在家里学了汉字、绘画和钢琴。自从瞳美搬来，两个女孩几乎天天一起玩。有一次，瞳美听到绘里子说特别讨厌自家姐姐后，生出难以言喻的心情，便开始有意躲避绘里子。

在“好朋友”身旁渐渐萌生的卑屈感

她们一起升入小学后，瞳美开始冷静分析绘里子，想和绘里子拉开距离。可是，绘里子总会立刻找到她。同班同学和老师都喜欢可爱的绘里子，认为瞳美就应该在绘里子身边做陪衬。“那时，我多少次被绘里子的红裙子堵住了嘴。”就如瞳美的这句回忆，很多次她想表达什么，最终都缄口不言，因为她在老师和老师喜欢的绘里子之间找不到自己的位置。就连她拿着绘里子的病假条去办公室找老师，也失望地感到老师们根本没看她，看到的只是“绘里子的缺席”。

绘里子牵引着众人的视线，被特殊对待。绘里子非常擅长获得喜爱和赞美，懂得怎么让人担忧，怎么打动人心，她也一直这么做着，不会不好意思。她熟知怎么最大限度地展示自己的魅力，让别人为她着迷。

同时，瞳美站在绘里子身边，充当着好友身份，也清楚地看到了绘里子的狡猾。由此瞳美明白了，为什么小时候去绘里子家里玩时，感觉那里没有色彩，一片苍白，绘里子是唯一缤纷闪亮的美丽事物。现在同样的现象也发生在瞳美身上，瞳美被迫充当了苍白家具的角色。她之所以想从绘里子身边逃离，是因为绘里子想把苍白家具的角色强加给她。因为无法逃离，所以瞳美第一次看清了自己心中潜藏着一种名叫“憎恶”的情绪。她开始憎恶绘里子，因为绘里子用“好友”的名义绑住了她，不让她离开，表面上关心她，实际上每当她想稍微出头彰显自己的时候，绘里子就会立马阻拦。

经常有这种情况：一个女孩 A 站在另一个女孩 B 身边时，心里常常萌生出自卑和憋屈感。比如 B 是美女，腿长、肤白、貌美，或有特殊才华，很小就弹一手好钢琴，会滑冰什么的。还有更厉害的，像和我一起去滑雪营的女孩那样，就是招人喜欢。如果B拥有可以通过他人的评价加分的特质，那么A站在她身边，心里就不单单是羡慕或憧憬，而且会萌生出丑陋的情感，认为世间不公平，自己被小看了，众人都上当受骗了，等等。B越是明白自己招人喜欢，并开始明目张胆地主动讨人喜欢时，A就越自卑，心里充满憋屈。

女性身份的有效性和禁忌度

这种自卑和憋屈，有时会以“轻蔑”的形式流露出来。B拥有我没有的才华？我看不起B。众人天真地喜爱B的才华？我看不起众人。这样的双重否定给人一种错觉——仿佛自己最优越。

很多人相信“利用女性身份”是一种有效手段，但同时，“利用女性身份”也成了一种禁忌。比如妓女和一些服务性行业，因为彻底利用了女性身份，遭到社会性的鄙视；另外，在普通行业里，“利用女性身份”也成了一种粗暴易懂的骂人话。

很多女性是受到了诱惑的，她们想过利用自己的女性身份去换取爱和利益，但轻蔑的心情阻止了她们，让她们视其为禁招。所以，当她们正与心魔辛苦交战时，看到其他女人满不在乎地使出了禁招，心里就会涌上“绝不原谅”的憎恶。

即便在“利用女性身份”天经地义的工作环境里，也交错着轻蔑之情。毋宁说，正因为是这种环境，才越发露骨极端。我在夜总会坐台时，见过无数深得男人喜欢的女性，比起她们，我只有自叹不如。她们中间当然有真实的天真少女，但在我看来，那些销售额惊人的女人都不畏惧露骨献媚。而我能保持的日常，也是借着分寸恰好的轻蔑来维护自尊心。明明我自己做不到，我却鄙视地认为，只要不要脸，谁都可以向男人那样献媚，我不那么做，只因我是一个有品格有节度的人。

其实，若是心里不服气，那就扔掉品格和节度，一心撒娇讨好，黏着客人讨要指名、同伴和香槟[1]就好了。然而，心里还有道德感，同时脸皮也薄的女人，最终还是学不来，只能在一旁暗自憋屈，体尝挫败感，眼神变得徒劳锐利，充满批判性。即使我后来已经是成熟大人了，有几次在别人身上发现绘里子的“小碎片”，也说了和瞳美类似的话。

充满刺激的性之门开启后

小说中的瞳美等到了十几岁，与男性有了肉体关系之后，

---

1 夜总会小姐如果被客人指名，可以拿到基础时薪之外的饮食营业额提成，指名对小姐的收入至关重要。在夜总会营业前，小姐先约客人一起吃饭或购物，之后和客人一起去夜总会，叫作“同伴进店”。一般来说，夜总会刚开门时上门客人少，同伴进店可以填补小姐在这段空闲时间的营业额。如果在俱乐部和夜总会里开香槟酒，酒价约是市场价的三到五倍。

利用这种“绝杀武器”，逐渐走出了绘里子的无形束缚。瞳美冷静观察着绘里子：“我们现在的关系还和小时候一样。她怜悯我什么也不懂，从中尝到愉悦的优越感。”瞳美觉得自己拥有了绘里子不懂的东西，比如在有关性的感情上领先一步，她为此感到游刃有余。“对我来说，在男女关系上，我必须抢在绘里子前面。因为无论我处于哪种幸福里，绘里子的身影都附着在我心里。我需要一种东西帮我把绘里子剥离下来。”瞳美没费什么劲儿就和男人发生了肉体关系，识得了男人滋味，她在绘里子面前假装什么也没发生，暗自在心里体会着胜利。

瞳美瞒着绘里子和同班同学麦生发生了关系，这不仅解放了瞳美的自卑和憋屈，也给她增添了难以言喻的魅力。瞳美不再是绘里子的陪衬，她逐渐引来关注。绘里子不可能察觉不到，她开始打探，想干涉瞳美的恋爱和性事。而已经获得自由的瞳美态度强硬地拒绝了绘里子。两人彻底闹翻，互相不理会了。在两人最后一次对话里，开始绘里子还与往常一样，扮演好心密友的角色，最终却完全放下天真可爱的亲密姿态，显得坚决而精明，第一次露出了狡猾而可怕的一面。

性是一剂猛药，能让一个少女变成男性的宠物，让少女心里萌生出对男性的特别感情和欲望。这种经验确实能赋予缺乏自信的卑屈少女一双羽翼，让她尝到满足感。瞳美第一次和麦生发生关系后，看到被单上没有血痕，想道："我才不是那种会流血的女人呢。"瞳美为此感到强烈的自豪，甚至对其他事情都没有兴趣了。这种感觉超越了憎恶，她飘飘然感到自己已通晓了人生。小说用大量篇幅和华美的文笔描写了瞳美的性事。

但是，正因为性充满了浪漫甜美的戏剧性，正因为性之前的憎恶足够强烈，这两种过度浓烈的感受必然会遮蔽掉一些人生中的其他东西，至少小说结尾给了读者这种感觉。

我并不想在这里单纯地后悔或愧疚年轻时干了蠢事。我反而觉得，性这剂猛药左右了我的青春期，具有重要意义，我为此感到幸运。因为这剂猛药，我才踏上了长大成人的台阶。尽管我用愚蠢的方式变成了婊子，我依然不觉得还有其他办法能拯救我的青春，而且现在后悔也没什么意义。

只是，年轻时我觉得性是一件崇高的事，其他与之相比都显得琐碎而不重要。后来真的打开了性之门，发现里面也不过都是肉体关系而已。我现在也很享受性，觉得性事有魅力，但不再觉得这种事能决定我的价值。同时我也发现了，我在充满刺激的性之门前站得太久，忽略了很多人生本来的有趣之事。

第三章

非女性的　怪异生物

若能早死倒也好了

如此痛苦之日的黄昏啊

我徜徉于铁轨

叹息到崩裂破碎

叹息到崩裂破碎

——萩原朔太郎《日益焦灼之恋》[1]

1 原题「昨日にまさる恋しさの」。

就算男人有嫖妓的道理

——加西亚·马尔克斯《苦妓回忆录》[1]

存在于幻想中的娼妓

过去，我非常看不起那些先出钱后出精子，之后带着几分舒畅表情离开的男人。他们完全没有察觉到自己根本没有映照到女方的眼睛里，也不关心钱被用在何处，他们把爱与真心奉献给幻想中的娼妓，那样子看上去实在滑稽，甚至充满悲

---

1 相关引文据轩乐译本，南海出版公司 2018 年版。

哀。他们的满足与女方的心情和想法毫无关系。同样，就算他们非常藐视女方，也不妨碍女方获得满足。这就是性交易场所的特征。

每个人都有对恋爱和性的幻想。两个人带着各自蓄积的幻想走到一起，破坏掉旧的，一起构筑出新的，这种行为就是恋爱和性。而性交易不是这样。涉及金钱的性，双方不互示幻想，而是以金钱为补偿，一方保证不破坏另一方的幻想。性交易只涉及金额和时间，毫无必要知道对方在想什么，喜欢什么讨厌什么，钱背后有什么内涵和理由。虽然性交易也会在肉体和精神的某些方面让双方产生关系，但在此方看来，关系彼端的对手，仅仅是自己幻想中的对手。

男人在付钱的同时，也丢弃了罪恶感

以前我有个朋友，她是一个大富豪的情人。富豪有家庭，她是单身。她周围的朋友包括我都以为她与世上大多数情妇一样，不追求富豪娶她，只接受金钱，在富豪的经济保障下过着豪奢生活。但我们都想错了。她没接受过富豪的钱，与富豪的关系中从未有金钱介入。就连去酒店约会的一万日元交通费都自己掏，一起旅行也是 AA 制。她始终坚持这种态度，从未软化过。

我知道她不缺钱，也没有花销大的嗜好，明明与富豪在一起，却连出租车钱都要自己掏，她的态度背后一定有种坚不可摧的信念。有一次她说起这件事，我就问她，难道对方没有主动提出援助吗？如果提了，你为什么坚决不接受呢？

“因为男人在付钱的同时，也丢弃了罪恶感。”

她这么回答。男人在付钱的同时，就放弃了思考，不再去想两人之间存在着某种不均衡是一件多么残酷的事。

他冶游也好，不忠也好，只占便宜也好，这些她都可以放在一边。她只希望，他能老老实实带着因此而生的罪恶感离开，而不是用一定数额的金钱去抹消。所以，一切能遮掩罪恶感的钱，她都坚决不收。

我觉得她的观点切中了性爱与金钱的奇妙关系。

从女方角度看，接受男方的钱，等于宽恕了男方，允许了男方的不思考。

沉睡的处女，九十岁的老客

“活到九十岁这年，我想找个年少的处女，送自己一个充满疯狂爱欲的夜晚。”这是加西亚·马尔克斯《苦妓回忆录》

的开篇第一句。据说，这部小说的写作灵感来自川端康成的《睡美人》。小说伊始确实引用了《睡美人》里的句子。川端小说里的女性，喝过药后如死去般沉睡，男客在她身旁回想起了过去。而马尔克斯的这篇，从文化环境、角色性格、年龄到作品本身的气质，都和《睡美人》大相径庭，只有沉睡处女和客人的设定是共通的。

性交易的本质之一，是有一方在沉睡不醒。

在一般情况下，如果你热烈地注视对方，对方却不用同样的眼神看你，你的爱和爱抚得不到回应，你的所思所想不再有意义，这种人际关系肯定就会破裂。但在小说里，沉睡的处女不仅不会破坏男客的幻想，更像一个空盒，能容纳下男客的完整故事。同样，虽然性交易不需要买卖双方互相袒露自身故事，但如果女人清醒，就有可能破坏男人的故事。所以可以说，女人保持不醒是最纯粹的性交易形态。

《苦妓回忆录》的开头，九十岁老人打电话给妓院老鸨，表示今夜必须要一个处女。老人当了几十年报纸编辑，是个老道的嫖客，并不是第一次召妓——“我从来没有和不用付钱的女人睡过觉，至于少数几个不干这行的，我也会用道理说服，或以蛮力强迫她们收下报酬。尽管这些钱随后就会被她们扔进垃圾堆。”他差点儿结婚，却在婚礼当天临阵脱逃了。他只通过金钱与女性发生关系，这一点与我前面说过的女友截然相反。小说的整体氛围比川端康成的更明亮。也许正因为男性在付钱的同时也丢开了罪恶感，所以小说主人公回忆往昔时没有悔意。对了，小说里的老人一开始就交代了：“远远就能看出我很丑陋，腼腆又过时。”

对沉睡不醒的女性来说，不存在“拒绝”的选项

老人在生日那天，幸运地召到一个有没有十四岁都不好说的处女。老人走进房间，姑娘在巨大的床上熟睡着。他以前与一夜情人上床时，多半连衣服都不脱光，而这次脱了衣服。他试着捏过她的鼻子，分开过她的双腿，最终什么都没做，在少女身旁睡着了。就这样，老人和似在沉睡，又仿佛在装睡的处女开始了一段奇妙的关系。最初老人打算与过去一样，只当这是仅限生日之夜的露水关系，但他最终忍不住了，再次打电话给老鸨，想与少女见面，并要求“我希望小姑娘等着我，以上帝把她送到世上来时的样子，脸上不要涂抹任何东西”。这一次他给少女唱了摇篮曲，为她擦去身上的汗水，还是没有再做其他。自从遇到沉睡的少女，因丑陋和内向终生伪装的老人才第一次袒露出真实的自己，他疯狂地爱上了少女。

九十岁老人的恋爱似乎很充实，正当他喜悦于“再一次证明不唱歌的人无法想象歌唱的快乐”时，又因突发事件一时见不到少女，他不顾一切地寻找，出于嫉妒还大闹了一场。这听上去似乎是一场正统而平常的恋爱，然而说到底，对方仍是个每次都沉睡不醒的女人。

一般来说，人若想敞开心扉，要先战胜内心的不安，信赖对方能接受自己，对方也确实接受了，这样才能成立。然而，沉睡不醒的女性没有“拒绝”的选项。正因如此，对老人来说，少女必须沉睡。老鸨给老人推荐其他漂亮处女，老人立刻惊恐地抗议：“我想要原来那个，一切照旧，没有失败，没有争吵，也没有糟糕的回忆。”他给不出声的少女起了很多想象中的名字，用自己的方式呼唤她，并且断言：“我还是喜欢睡着的她。”

是谁悲哀，是谁“苦”

我印象尤其深刻的是，老人几次对着睡着的少女说：“小可怜儿。”第一夜之后，他不由自主地想起少女，“那不是一闪而过的怨恨，而是对一个我不曾料到会再记起的孩子迟来的同情”。他看着少女睡着的样子，“她睡得那么沉静，以致让人不忍在没有摇篮曲陪伴的情形下把她叫醒”。他担心少女的未来，叮嘱老鸨要把少女养育成一个幸福而美丽的人。

我第一次看到日译的书名[1]时，一时有些不明白，“悲哀”修饰的是哪一个名词：是悲哀的妓女，还是悲哀的回忆？原书名 *Memoria de mis putas tristes* 意指悲伤的妓女，即苦妓，书中也多处描写了妓女卖身的悲哀。老人每次去见少女，都会带去几样东西，想把妓院房间装点得更加宜居，布置成他们的夜

---

1 日译书名「わが悲しき娼婦たちの思い出」，即《我悲哀的妓女的回忆》。

间剧场，临走前再收起锁好。“而后，卧房便会恢复它原本的、为那些散客的悲伤爱欲准备的萧索模样。”他断定其他客人的爱欲是悲伤的。

老人嫖娼一辈子，九十岁时的初恋也建立在嫖娼的形式上，但他时常流露出对妓女根深蒂固的歧视。久别重逢时，他发现沉睡的恋人变得漂亮而成熟了，他怒火中烧，喊出：“婊子！”他和老鸨争吵：“这就是你们，狗屎妓女！”尽管如此，他终究没能轻蔑到底，他放不下恋情，还是对爱屈服了。

所以，究竟是谁悲哀，是谁“苦”呢？谁才是那个“小可怜儿”呢？九十岁的老男人眼里，是妓女在苦。我是女人，我觉得召妓的男人才悲哀。他花钱购买少女的沉睡，真心梦想着以后与少女共同生活，担心少女的未来。在我看来，他这样子滑稽到了可哀的程度。女性无法想象这套逻辑。

曾有段时间，媒体很喜欢拿女性卖身做文章，纠问女高中生为什么出卖肉体。现在也一样，翻开周刊杂志便能看到采访，诸如女性为什么做那种“糖爹约会”，等等。也许从男性角度看，他们也无法理解女人为什么要用身体换钱。双方无法沟通，也无意沟通，所以让金钱做中介。如此想来，性交易的现场充斥着各式各样的悲哀，双方都感到了对方的苦。我想，如果嫖娼男自有一套逻辑，那就是他们用一定数额的金钱，把自己的可悲全部归咎到了“苦”妓身上。

基本上，男人的青春与我无关

——让·科克托《劈叉》[1]

无论多大岁数，男人女人都很麻烦

青春期时，女孩们最关心的话题，不是升学和健康，不是战争或通货紧缩，而是小 A 先喜欢上了 X 君，小 B 却临时

1 让·科克托（Jean Cocteau，1889—1963），法国作家、编剧、导演、画家。对法国新浪潮做出杰出贡献，代表电影作品是《美女与野兽》，为了纪念他，戛纳国际电影节的放映厅“电影宫”中设有“让·科克托大厅”。他在戏剧、绘画、文学等领域也均有建树，还发掘了文学怪才让·热内。原书名为 *Le grand écart*，涩泽龙彦曾译介日文版。

和X君一起去了迪士尼乐园之类。每当听到“女人真可怕”“女人真麻烦”之类的陈词滥调，我也不由得深有同感。

现在早已过了青春期，我最在意的依旧不是政府发放了多少疫情经济补偿。比起关心这种事关生活的复杂问题，我更忙着时而遮掩嫉妒和焦虑，时而撕破脸，在仅存的自尊心不破碎的前提下时而要强，时而妥协，并动用了无数借口为自己辩护。无论是客观看法，还是主观感受，我都觉得自己很烦人。

如果有人问，嫌女人麻烦的男人在青春期时不烦人吗？哪里啊，他们也烦死人了。他们有人怕被小看，有人不愿道歉，有人想彰显自己的存在，有人在心里圈定一个在别人看来可有可无的圣域，装模作样地讲道理，试图突破困境。总之，谁都有自我，只要活着就很麻烦。有人特别喜欢彰显自己的与众不同，其他人看到后懒得理解，就用“女人真麻烦”“男人真麻烦”来互相攻击。但这些麻烦的地方，正是文明和文化。那些追求效率合理而大刀阔斧砍掉麻烦的人，可能确实不麻烦，但也没人味儿。

下个稍微牵强的结论，那就是，女人有着过度看重性的内涵的倾向。与女人相比，男人的目的单一明快，就是射精。大多数时候，他们在床上的思考就没那么复杂。之所以有人说处男非常麻烦，处男写的书特别有趣，处男的想法比较深远，等等，那是因为处男尚未获取那种单一明快。

我很怕没有性经验或处男思维根深蒂固的年轻男生。但话说回来，我现在也快四十了，感觉四五十岁的男人依旧麻烦。女人也一样，少女有少年人的烦人之处，中年女有中年人的难缠和自矜，青春时代并不是混乱的极致。回想过去，我十九岁时嫌年轻男生麻烦，交了三十一岁的男朋友。他非常喜欢夸耀自己的财富和权力，连带着要求我也过豪奢生活。有时到了满月之夜，他过来找我麻烦，明明平时用各种花样炫耀财富，拿财富当武器，这时却露出一种自卑又委屈的嘴脸指责我：“你和我在一起，无非是图钱。”我二十七岁时还交过一个二十二岁的研究生。不知为什么，他喜欢撒一些我至今无法理解的谎，他编造过自己姐姐的年龄，还编造过考大学前的辅导学校名[1]，不知他图什么。他们的做法虽然不同，但无非都是想守护自己的“圣域”吧，即便那“圣域”非常陈腐，不值一提。这么说来，日本至今诞生了数量众多的私小说，其中大多数都是男人承认了自己很烦人才写出来的吧。

少年期和青年期之间的巨大距离

有时我被男人的混乱和自尊心惹到了，很想用“男人真

1 在日本的人际交往中，就学过的辅导学校是一种微妙的身份象征。因为有些辅校相当于一流大学的预备班，本身就是一种门槛，不是所有高中生都能进去。

麻烦”呛回去。这种时候，我干脆用自己的“雅克语”，为他们的内心纠葛配上音，独自赏玩一下。雅克，让·科克托《劈叉》的主人公雅克·福雷斯捷，一个尚未完全成人的青年。说得更准确些，“雅克语”是科克托描述雅克时的文体。

小说一开始就很拗口地介绍了雅克。“雅克遵奉着自己所属阶级的精神，看不起那些从反抗中尝到优越感的人。但雅克的做法太怪异了，以至于和他同阶级的人，都没有意识到雅克遵奉的就是他们的阶级精神。”

诗人让·科克托在当时的前卫艺术之都巴黎蜚声一时。《劈叉》由涩泽龙彦翻译成日语，该译本也成了涩泽的主要成就之一。

我上大学时，被人问起最喜欢哪本外国小说时，很长一段时间我都回答是这本。很多人认为《劈叉》是青春小说的代名词，正确来说，是男性青春小说的代名词。

法语中的劈叉（le grand écart）是舞蹈术语，指双腿叉开、胯部着地的姿势。小说里指的是少年期和青年期之间的巨大距离。如果女性青春小说使用这种标题，特别容易让人联想到追求性解放的少女每夜 M 形叉腿跨在男人身上的图景。这本因为是男性青春小说，“劈叉”二字就没有那种性意味。我作为一个有时叉腿有时合上的女性，看到书名后也想象过那种双腿劈叉到极限时的筋骨扯痛。在我看来，劈叉说的是一个人最大限度地劈开双腿，疼痛地跨越少年与青年之间那条鸿沟的状态。

所谓青春，就是走向苟且残生的过程

“雅克活在漫长的假死状态下，他觉得稳不下来，只能晃晃悠悠地站着，几乎坐不下去。”小说伊始便诠释出一个青春期少年的不安定状态。雅克跟着母亲在瑞士和意大利度过了青春期的末梢，目睹了他人的爱与死，“几度精神遇险”，后来在巴黎借宿，开始准备考大学。小说的大部分情节，描写的都是这个时期。

雅克借宿处的其他房客也都是些年轻人。书里描写了雅克与邻居们、什么事都要管的母亲、房东妻子等人物的关系，他与热尔梅娜的恋情，以及他对死的向往。热尔梅娜年轻貌美，在做类似现在的“诱惑糖爹”的事，毫无罪恶感，与雅克是完全不同的两类人。小说的高光部分描写了雅克和热尔梅娜有了特殊关系后，热尔梅娜移情雅克的朋友，两人关系破裂。其实雅克只是运气好，才得以与更胜他一筹的女孩交往，所以很快就被女孩甩了。科克托从很奇妙的角度描写了这个过程。

“一旦懂得所谓的美严格来说就是肉体之美，无论在什么地方，都能如在自己家里一样傲慢尊大，露人眼目。被女孩甩了的雅克渴望这种美。越是冰冷无情的美，越让雅克心动。因为他的宿命就是受伤害。”我给这些过分强调伤痛和自卑的言辞起名为“雅克语”，它是一种方便的道具，可以供我想象那些拼命想阐述青春的男性的世界观。“我们的人生地图是折叠着的，我们看不到那条贯穿全图的大路。每当地图展开一点点，总会看到新的细小歧路。”“人的心灵被封锁在肉体里，所以会产生动摇不安和激烈的绝望。心灵明明可以随时制造丰饶，却把自己托付给了外面那具肉体。”这种又硬又硌的比喻，确实是导演科克托爱用的，这是小说的最大魅力所在，也点破了男人为何麻烦。男人的这种麻烦劲儿，有几分源于对死亡的憧憬，也关联着对真实自我的厌恶。

小说末尾“活在世上不得不追流行，然而心灵已经不愿意这么做了”是很多人喜欢引用的名句。也许，青春就是从懵懂无知走向看破却苟活的过程。苟活的别称叫作成熟。

单调的自由奔放的热尔梅娜

《劈叉》这本小说，就像使用了各种颜料给雅克的肖像画涂抹出了厚重笔触，也用同样手法塑造了恋人热尔梅娜。“她不想把火种埋进灰里图什么长存，她想尽情激烈地燃烧，迅速烧尽成灰。”“爱抚要多，要快。这就像爱花人选花时的奢侈。这束花枯萎了，另选一束便是。”有人认为热尔梅娜是恋爱脑，她与雅克截然相反，拥有雅克没有的东西，在雅克的眼中新鲜而炫目。

上学时我很迷恋作者描写雅克的多彩语言，厌恶描写热尔梅娜的部分，觉得很单调。可能因为这部分反映出的是雅克的视线。就像热尔梅娜所说:“我是自由的，自由的，自由的！”在不自由的雅克眼中，热尔梅娜是无限自由的。热尔梅娜就像一个擅用弹簧装置和双重箱底的魔术师，在恋爱的所有方面都尽情摆弄着雅克，让雅克陷入一种“只有通过她，才能看到世界”的状态，对她充满憧憬和爱意。不仅雅克如此，和热尔梅娜沾边儿的男性都很可怜，他们为她的多情而焦虑，发出一些令人怀疑法式优雅究竟丢哪儿了的莫名其妙的说教和恐吓，丑态百出。热尔梅娜在滑冰场上和地球一起永不停息地旋转，凑上去的男人们只有被离心力甩出圈的分儿，难堪而可怜。

“她这种女人，就像一个种族。她永不回头，不为痛苦而烦恼，不爱，不病，是切断玻璃族的钻石族。”小说给人一种感觉，作者把自己喜欢的女性塑造得崇高而自由，没有重负，充满傲气，不像男人那样活得沉重，不像男人那么污浊而不自由。在我看来，这种女性观，就是成人之前的男性麻烦劲儿的具体体现。待到他们变成苟活的大人之后，又对这种自由显出了来者不拒的宽容劲儿。比如“糖爹”奈斯特就心胸宽广，他充满优越感地对雅克说：“自由才是女人呀，才是热尔梅娜呀。

我宠她，随便她怎么对我都行。”这让我觉得他心中的女性形象太过贫瘠，这种敷衍了事地对女性下结论的做法，可以说是成熟男性麻烦劲儿的体现吧。

女性要用自己的语言讲述自己的麻烦劲儿和孤独

无论是傍“糖爹”的小姐、舞女、主妇，还是老实本分的女学生，都非常复杂，不自由，痛苦而烦恼，都是烦人的存在。有的男青年把他们的烦人劲儿写成私小说或青春小说，没完没了地推到我们眼前，迫使我们看。他们光忙着干这个了，都变成了近视眼，看不清近在眼前的女性的复杂和苦恼，至多在脑子里用意念看一下就完事儿了。雅克眼中映出的热尔梅娜，与孩子先生和 B’z[1] 歌词里的女性完全重叠，他们把女性塑造得自

1 皆为日本摇滚组合，前者孩子先生即 Mr. Children。

由而肆意，是为了给他们的自我厌恶和自我陶醉当鲜明的陪衬。每当我想起雅克眼中自由奔放又轻浮善变的热尔梅娜，就觉得女性有必要正视自己的麻烦劲儿和孤独，有必要用自己的方式表达出来。男人眼中的女性只有两种——他们喜欢的自由女，拒绝理解他们的麻烦女；而我们想做的，是发现自由女心里的孤独和麻烦。

不用多说，就算把他们专为装点自己的复杂而虚构出的女性形象拆散了，男与女也不可能按部就班地进入更好的关系。其实不能指望他们，他们早就习惯于塑造自由强大、心高气傲的女神，才不会放弃。即便如此，我也觉得，我们需要用言辞表达自己的复杂，让男女双方都看到对方的复杂之处，哪怕只看到一点点也好。双方都复杂而烦人，都有争执和分歧，这才是亲爱的人生深奥而美味之处。“可以这么说，是人类拥有的自由在催人冒险，去犯动物和植物都唯恐避之不及的错误。”

金钱介入男女之间后的滑稽事

——琉善《妓女对话》[1]

有人想用金钱购买金钱买不到的东西

我们在百货店、路边摊或网店购物时，如果遭遇买卖纠纷，多半诸如试穿扯破了袖子，切开西瓜发现馊了，尺码和颜色不对，货不对板，卖家恶意提价，买家少付了钱之类，只要买卖

1 琉善（Lucian of Samosata，约 120—180 以后），古希腊讽刺散文作家，又译卢奇安、路吉阿诺斯。相关引文据《路吉阿诺斯对话集》，周作人译，中国对外翻译有限公司 2003 年版。

双方不是职业索赔师或想恶意欺骗，总能找到解决办法。有时其实商品没有缺陷，只是买来后发现不适合自己，用着不顺手——蛋黄酱不美味，十二厘米的细高跟鞋实在太疼了，等等。你可能觉得浪费了钱，但很少会刻骨铭心地痛苦，也不会陷入无法治愈的自我厌恶。

但是，有些交易确实会导致永无止境的争执和难耐的痛苦，频频引发自我厌恶，尽管卖方没有明显的恶意，商品质量也没大问题。大多数情况下，之所以发生这种事，是因为买方的购买欲里，包含了金钱买不到的东西。其实无论哪种购物，买方多少都有这种欲望。可是，我们都知道，去买衣服，只能买到衣服，买不来好身材；买菜，买不到做菜的手艺。可赌博和美容整形之类的就不一样了，买家无法确定付出的价钱能换来多少满足，只要结果不够满意，就会引发争执和痛苦。

最容易出现这种倾向的交易，是用金钱交换性和爱情。买方知道，自己的欲望无法通过金钱得到百分百的满足，但能买到部分的满足，所以他们会上瘾。他们也会在某一个瞬间醒过来，痛感自己花了很多钱，却未得到最想要的东西。卖方收到钱后提供的东西，未必是买方真正想要的。这种买卖的循环很纠结复杂，因为买方的心愿之一，是希望卖方能巧妙地骗倒他。

不想被客人起诉，不想惹怒客人，只想让客人持续消费

假设客人问陪酒小姐："如果我指名叫你，还花了很多钱，你能为我做什么呀?"小姐肯定不会回答："我坐到你身边，听你说无聊的话，你付出的金额是我痛苦的价格。"客人也一样，除非是超级变态，没人期待小姐这么回答。小姐们惯用的回答是："那我就更喜欢你了呀。""这样才能更亲密哟。"老手客人明白小姐的话半真半假，但还是喜欢听的。如果是刚入

此道不久的新手客人，还分不清小姐的哪些话是假客套，有时就会闹出纠纷。而小姐作为卖方，如果太黑心，为了让客人多花钱而空口许下绝不会履行的约定，用明晃晃的谎话骗人，也会招来麻烦。

有的年轻小姐心浮气躁，放饵钓鱼："你如果为人家花一百万，人家就和你干那个。"一旦客人真的花了一百万，她不和客人上床，就成了"合同违约"。如果她是当天急需一笔钱，之后销声匿迹不怕被追问倒也罢，要是想长久打交道，这种诱饵不是良策，毕竟"我今天不舒服""正在月经期"等借口只能用几次。

新人牛郎会对女客说"你做我女朋友吧""我没有其他女人了"，也不能对每个人都说，效能有人数限制。熟练的小姐和牛郎是使用头脑的，既不说谎，也不说真心话，看准客人的欲求，每次只提供一点点，既不被起诉，也不惹恼客人，悠长地让客人持续消费。这就叫熟门熟路，游刃有余。熟客就算看见自己喜欢的小姐或牛郎与其他异性客人亲昵黏糊，也深信自己才是“唯一”，客人之所以这么想，也是因为中了夜场世界的惯用套路。客人中招之后，既无法彻底得到想要的，也不会因为一无所获而停止消费。买卖双方进入这种状态后，也会出现争执和疼痛，不是因为商品质量差或卖方欺诈，而是因为质量太好了。

因为疼痛难止，客人经常做出滑稽的举动，说可笑的话。卖方也是活人，而非难以撼动的磐石，会时常出错，或者事与愿违。性与恋情之事难免伴随吃醋嫉妒，所以买卖双方都在走危险的钢丝。客人会耍心眼儿，伤卖方的心，让卖方吃醋，用激将法反攻。这就是欢场的宿命，谁让他们把原本无法用金钱衡量的东西当作商品来交易呢。工作结束后，陪酒女也好，妓女也罢，都有说不完的聊天话题，她们嘲笑客人的滑稽，怨恨客人疏远了自己，为待客分寸而烦恼。

买方客人是滑稽的，卖方同样也滑稽。卖方想知道，究竟给客人多少好处，自己的价钱才能水涨船高，可这种事情哪里有正解。

一千八百年前的人们都熟知的话

这些色相花招、滑稽的浮世男女、随之而来的痛感、七嘴八舌的闲聊，在所有性与爱的交易场所都能看到。即使时代更迭，国家湮灭，这些也恒久常见。公元一百多年的时候，即一千八百多年前，讽刺作家琉善在他的代表作之一《妓女对话》里，详细描述了当时被称为“赫泰拉”[1]的娼妓与同行谈论客

1 即“hetaira”，源自古希腊语的“同伴”，是古希腊妓女的一种。除了提供性服务外，通常还是艺术家、演员，受过高等教育。与待在家中的合法妻子不同，她们可以进入男性社会的文娱场所。

人时的对话，但凡稍有夜场经验的人都会觉得耳熟。

比如某个妓女要价一千个德拉克马[1]，而男客不能马上拿出这笔钱。妓女另接了其他客人，男客也叫了其他妓女。然而男客“睡下了却背对着她，还在那里哭泣呻吟”，因为“她接纳了摩斯吉翁，把我关出门外了。我想要报复这事，叫她生气，所以就叫了你来的”。

看到这里我想起来了，我知道一个男的爱上了一个应召女郎，两人顺利地同居了。很快，女方解除了同居关系，搬出去了，那男的气不过，就把女方那儿所有女孩都叫了一遍。

对了，在《妓女对话》的这一篇里，后叫的妓女看到伤心男子背对着自己哭泣，立刻指责他不该这么做。她相当有手腕，询问他哭泣的原因，“说不定，我能当个成人好事的中间人，你把事情都告诉我吧”，哭泣男老实交代了恋情，她又告诉哭

1　古希腊流通的一种银币。

泣男，“你真的看过那女人吗？那女人说谎把年龄抹掉了二十岁呢，还用假发遮掩秃头，用染药染黑白发，全身从脖颈到膝盖都长了豹子一样的白斑哟”。接着，她做出要走的样子，“看在阿佛洛狄忒的分儿上，如果当初有人告诉我缘故，我是不会来的，我要去了，鸡已经叫了三遍了”。哭泣男慌了，当场“换乘”：“既然她是这情形，那么让我们来拆掉这个城墙吧，我们互相拥抱，接吻，而且真是要好吧，至于菲勒马提翁，就让她滚好了。”

不知道上面的分手男友后来怎么样了。说不定他被哪一个应召女郎哄顺之后，又扭头爱上了那个。

一个叫菲林那的妓女看见心上人当着自己的面和别的妓女亲热，生气地发牢骚：“他见我生了气，我还示意他别这样，他却拿住了塔伊斯的耳尖，把她的颈项拗过来，那么猛烈地接吻。她好容易才能够把她的嘴唇拿了过来。随后我哭了，但是他却笑着，在塔伊斯的耳朵边说了许多的话，显然都是说我。塔伊斯向了我看着，只是微笑。”

菲林那出于报复也当面与其他男人接吻。母亲责备菲林那：“你忘记我们从他那里得过多少东西么？若是爱之女神没有打发他来，我们怎么样能够过得去年的冬天呢？”

菲林那还嘴：“那么怎么样呢？难道我就该忍受他的侮辱了么？”

上面这些，就像现在陪酒女争夺客人已经不是为了钱，而是为了争意气在无声地互相牵制，真是好笑。

妓女们还互相指点迷津：“据我想，很大的热情的发生乃是人们觉得自己是被轻视了的缘故。若是一个人确信他独占了你，那么他的热望便减少下去。我对你说的是我做了二十整年的妓女的经验。”“你把他纵容坏了，过于爱他，并且给他看见，这是不应当那么多余珍重的。因为他们若是看得清楚，便要傲慢起来了。”

这些话听上去那么耳熟。

还有，一个兵士希望妓女看得起自己，于是编谎话夸耀自己多么勇猛，反而被妓女说：“你讲的故事多么可厌而且可怕呀，更没有谁愿意看见这样喜欢流血的人，不要说和他喝酒，或是和他睡在一起了。我要去了。”兵士的朋友见状，便提醒他：“没有别的法子可以使得她来呢。你选择一个吧，你可以被厌恶而保留着勇名，或是得到她同睡，却承认是说诳。”

这段太滑稽了，让我想起好几个死要面子爱吹牛的客人。

活在世上，表演着愚蠢

这本书的日译解说中写道：“妓女是不分国度的社会现象，存在于所有地域。”在古希腊，女性栖于家庭之内，彻底的男性社会并不把卖淫视为罪恶。毋宁说，“赫泰拉”富有才华和智慧，有文化教养，能自由出入男性社会，是令人憧憬的存在。到了古罗马时代，普通女性可以走出家门了，有了更多的文化教养，“可以断定，主妇和妓女在见识上的差别不似从前那么显著了”。此时妓女地位相对下降，据说风靡一时的高价妓女，是演拟剧（mimos）[1]的女戏子。琉善笔下此时代的妓女并不那么高级，更接近大众平民，她们“贩卖一夜恋情，不得不去哄弄愚蠢的男人”。两千年来，这种妓女存在于世界的任何角落，现代东京的夜晚也有无数，只不过改名为陪酒女或“糖爹女”了。

同时，无论在哪个年代，都有人主张废除广义的卖淫行为，反对将女性商品化，抵制姑息两性不平等的社会结构。但客人

1 拟剧，又称拟曲、摹拟剧。起源于古代民间祭祀，在古希腊特别发达。它的特点是包含悲剧和喜剧两种成分，有尖锐的政治讽刺和个人嘲弄，有惊人的动作和滑稽场面，有粗俗的狂欢因素，有游戏文章和即兴台词。

与妓女的关系结构，未必全都是单纯的剥削与被剥削。我甚至觉得，无数性交易的现场一次又一次证明了女性无法被商品化。至少，听过现场男女的对话就会知道，那里的每个人，都带着并不少的心高气傲，并不少的爱，以及相应而生的伤痕与疼痛，无数感情冲撞在一起。也许他们姿态卑微，可怜而滑稽，但那里也有气骨，有不可小看的文化。就像妓女的立场和地位在古希腊和古罗马各不相同，同样地，不同时代里的社会结构、生活价值观和思想也在发生变化，如果僵硬不变地用单一眼光看世界，会漏看很多东西。比如欢场上的幽微生动之处，比如被认为身处社会低位之人的心高气傲，以及客人们让人心生怜悯的可悲之态。

其实买方也明白，金钱买不到人心。正因为如此，妓女会一登场就吐露心声："我不曾问你要过钱，你知道我谢绝了那许多客人。"她把"不收钱"当作自己爱着对方的最大证明。

有的男人会哀叹：“现在你把我赶出了，我已经为了你弄穷了自己，可是，在我送你那些东西的时候，我是你的亲人，你的男人，你的主人，以及你的一切！但是现在已经全干了，你得到比堤亚的商人做你的情人，我便被赶出，站在你的门口落泪。”在单纯的商品交易现场哪里听得到这些心声和哀叹。

很多人知道金钱买不到一切，然而，夜晚的大街充斥着拼命用金钱填补欲壑之人。我觉得，夜世界里看不到人美好的一面。很多客人明明在用金钱铺路，却谴责卖方眼睛里只有钱，财尽缘分断，不讲情面，等等。无数男女煽动着嫉妒心，试图从中确认自己的存在价值。虽然夜世界随处可见赤裸而丑陋的人性，但我还是觉得，人就是这样子的，一边表演着愚和痴，一边拼命想把“活着”这项艰苦卓绝的事坚持到底。我相信，要想接受疼痛，嘲笑滑稽，从自我厌恶的泥沼中重新站起身活下去，那么，去爱这份愚和痴，就是关键。

第四章

即使没有　可以相信的神灵

再行驶十英里，我们返回家中。我们也就返回到那种令人安慰的，却又深深地令人不满的境界之中，我称之为“神经正常”。

——阿道司·赫胥黎《知觉之门》[1]

1 引文据庄蝶庵译本，北京时代华文书局 2020 年版。

极度肮脏之地存在极度高贵的信仰

——西原理惠子《我家》[1]

“小室一族”[2]的歌里不会出现的东西

20世纪90年代中期，小室一族的歌席卷了日本流行乐排行榜。我们可以从很多角度讨论为什么年轻女孩尤为支持这些

1 西原理惠子（1964— ），日本漫画家。原书名为「ぼくんち」。《我家》连载于1995年至1998年，背景是日本四国的渔村里，当地民众生活困苦，导致暴力犯罪和非法药物泛滥。

2 即音乐人小室哲哉，以及与他合作的歌手，如TRF、globe、安室奈美惠、篠原凉子、华原朋美、hitomi、铃木亚美等。可以说“小室一族”占据了20世纪90年代后半期的日本流行音乐排行榜。

歌，比如细看歌词就会发现，里面没有神灵信仰。经常有人批评小室的歌词只是字的组合，不具意义，英语歌词的语法乱七八糟。确实，诸如“Body Feels Exit”“Hate tell a lie”只是时髦酷词的组合，没有意义，不过听上去很帅，这是小室音乐的一大特征。因为用的是英语单词，空洞感尤其明显，日语歌词的部分也差不多，歌词注重发音的节奏感和整体气质，不具深层意义，背后没有故事，很多单句歌词听上去像独立的抒情短诗。当然小室的歌里也有以《I'm proud》为代表的情歌，还有以《survival dAnce》和《Chase the Chance》为代表的那个时代的励志歌，都摒除了神灵和祈祷的意向。

这些歌并没有否定信仰和祈祷，而是根本没有将其放在视野里，没有想过要做。这种气质功利而现实，就事论事，只追求当下，与当时不知信仰和神灵为何物的日本年轻人的心情一拍即合。歌听上去也非常轻快，充满愉悦感。毕竟在现实生活里，除非一直在宗教系学校[1]接受教育，人们平时很难触及神灵的概念。正因为歌里没有设置这种遥远而模糊的东西，所以歌词即使浅薄，也有现实感。

与以基督教文化为基础的欧美各国相比，在被称为“神佛习合”[2]的日本，大多数人的宗教观并不很清晰，提到“向谁祈祷”，很多人想不出明确的神颜和神境。我们在新年时去初诣[3]，升学考试前去祈拜，婚丧嫁娶时去佛寺或神社，之所以这么做，看重的也不是神佛，而是比神佛概念更模糊的吉利兆头和传统。我们过圣诞节，基本上不过佛诞节，供奉佛坛的人家也在逐渐减少。我们有了信仰的自由，信仰哪个神灵都可以。也许有的人心里有具体的神祇形象，不过拿我自己举例，

---

1 佛教或基督教派的宗教法人开设的从幼儿园到大学的私立学校，在日本比较常见。

2 奈良时代（710—794），神道教和佛教在日本共存，并融为一体，形成了神佛习合，将日本神祇与佛视为同一体系。

3 新年时参拜寺院或神社，祈求一年平安。

我在不同时间和地点想到的神灵，有时是西洋人，有时是印度那边的，反正很随意。

有两个故事，让我相信神确实存在

涉及信仰的故事里，有两个给我留下了非常深刻的印象，让我感觉说不定真有那种样子的神。

第一个是陀思妥耶夫斯基《白痴》里两个农民的故事。两个上了年纪的农民是相识多年的朋友，甲发现乙有一块银表，银表挂在黄色玻璃珠子串起的细绳上。甲以前不知道乙有这块表，他本来不是小偷，甚至很老实，不算赤贫。甲喜欢上了那块表，趁乙转过身，从背后亮出刀子，同时仰望上空，用手画了十字，在心里默念“主啊，看在基督的分上宽恕我吧”，然后像宰羊似的杀死了乙，抢走了表。这是小说主人公——在瑞士长期养病的梅诗金公爵回到俄国后，就俄国人的信仰讲的四个小故事中的一个。这段让我想到，如果神真的存在，那么神的现身，不是在教会赞美诗里，而是会陡然出现在杀人时紧张而纠结的内心里。

第二个是西原理惠子《我家》里的人物沙织说的一段话。沙织是个小女孩，家里只有她和父亲，父亲是个最底层的黑道混子，滥用非法药物，永远醉醺醺的，动辄暴怒。平时都是沙织照看着父亲。父亲拿了绝对不可以动用的钱，说是要让这笔钱翻倍，沙织收拾着被父亲砸烂的饭碗，对漫画主人公“我”说：“你觉得世上有神吗？……我觉得有的，不过，神是咱这儿山上富人的专属……咱穷鬼家里没神，做什么都得靠自己。”沙织的口气里充满嘲讽。之后，沙织的父亲一直没有回家，有人看到他在码头前醉步蹒跚。三天后，沙织和“我”站在港口一具用塑料布蒙起的淹死尸体前，沙织小声嘟囔了一声：“神啊。”最终，那尸体不是父亲的。这里的“神啊”，也是我喜欢的形态——似有，却不足以信。

被强加的贫穷，无从对抗的人生

《我家》的舞台，是一个“只有山和海，穷人和小孩拼命扒着缝隙不让自己掉下去”的小地方，越往边缘处走，住民越穷。漫画的主人公，是一个住在最边缘地带的小男生，“我家”的次子。就是这个处于最边缘的家，房子产权也在漫画开头就到了别人手里。三年没回家的母亲骤然归来，带着产权证再次跑了。在粉红沙龙[1]工作的大姐回到家，充当起母亲的角色，主人公和哥哥兄弟二人开始和姐姐一起生活。随后，哥哥和当

1　一种暗中提供手交和口交的色情店。

地大多数年轻人一样，开始沾染恶事离开家。“我家”无论所处地带，还是成员构成，都不稳定，始终充满了危险。

这里的人都很穷，又吊儿郎当，可谓人生路上都是霉运和屎。姐姐却告诉兄弟两个：“有哭的功夫，不如大声笑！”村里其他人也一样，就算一嘴牢骚，就算干坏事，也没有悲怆之感，倒很快活，或者说在流着泪大笑。住在河边小屋倒卖铜铁的铁爷爷，即使自己的容身小屋在大雨之后被猛涨的河水冲走了，也大声笑着说“你看，穷也不赖”“我一点儿都不着急”“丢的东西太多了，我早就不当人了”“只要你手里还抓着东西，你就得知足”。尽管如此，这里的人们也并不积极向前、一心向好或生机勃勃，只是被无从抵抗的贫穷和霉运压身。他们觉得人世荒诞，同时也确信自己无力抵抗，只能笑对了。

我喜欢的人，都有一双小得吓人的手

哥哥的“邪道导师”——小流氓光一君，也言及过神灵。“难熬归难熬，直到上天饶了你为止，不管遇见啥事，你都得玩命活下去。”他口中的神，像一种人眼不可见的存在，拥有近乎暴力的巨大力量，在“饶恕”一个人之前，先把贫穷、霉运、苦痛、疾病、欺骗与狡诈强加于人，不赋予凡人任何恩惠。人在最后一刻得到的拯救，唯有死。在这种环境里，不存在使人如愿的信仰。光一君能做的，就是假笑着告诉自己的徒弟：“你得认命！”

主人公“我”还懵懂无知，正处在吸收众人价值观的成长路上。再说在粉红沙龙谋生的姐姐，哥哥看到姐姐接客时被猥琐中年男摸胸，就嫌弃姐姐“难看”。姐姐是个懂得人情公理的人，她坦然接受了全部现实，一心一意地保护“我”和哥哥。

哥哥离家独立后，她笑着说：“你姐姐我明白的，男人跟狗一样，只要是撒过一次尿的地盘儿，就肯定还会回来的。”随后，哥哥拿着光一君分给他的临时进账，回来找弟弟和姐姐。弟弟想要的只是一辆玩具迷你车，而姐姐只想要买零食的两千日元就够了。姐姐抱住哥哥，说：“姐姐的手太小了，你要是带来特别大的一个幸福，我也接不住，漏掉就太可惜了。”哥哥由此悟到：“我喜欢的人，都有一双小得吓人的手，为什么之前我没有发现呢。”

大多数人都不那么坚强

姐姐靠在昏暗的粉红沙龙里服务猥琐男谋生，她不仅告诉兄弟两个要笑，自己脸上也永远带着笑容。这个小镇的女人们，很多是妓女或在酒馆里陪酒，受尽男人的欺骗，被男人抛弃。她们知道，如果真心期盼“普通生活”和“幸福”，就会无法面对眼前不可抗的现实。所以她们一边做着梦，一边大大咧咧地保持着糙劲儿，让自己变得无动于衷，对自己的痛、别人的痛都不动情，即使看到谁死了，也不被触动。唯独姐姐是这个镇上稀有的人，她有高贵的灵魂，不让自己变糙，在泥潭般的环境里维持着敏感和知性。前面提到过陀思妥耶夫斯基的《白痴》，他的《罪与罚》里也有一个富有自我牺牲精神的妓女索尼雅。我想，如果索尼雅有一张日本人的脸，也许就是《我家》里的姐姐。姐姐无私地照看着兄弟俩，替母亲还债，遭遇同店女孩借钱不还，就连喜欢的男子也因为在职场行窃而畏罪逃跑了。

姐姐维持着自己的知性，她一眼看穿了“只要还在这个镇上，就无法轻而易举地逃离与幸福无缘的生活”。在漫画的最后，她坚决让主人公“我”逃离小镇，自己却留在了这个肮脏而贫穷的地方。

为什么姐姐能够全盘接受自己的人生？要知道，无数生活境遇更佳的人都做不到这样。姐姐既然维持着敏感和知性，为什么还能如此坚强地对抗现实？这些问题，作品都没有给出答案。

我觉得，大多数人都不那么坚强，一旦习惯了受伤，也会出于习惯去伤害别人。越是身处充满伤害力的环境，越是深陷肮脏之地，就越任凭自己的灵魂也变脏，因为不这样就忍受不下去，也接受不了自己的命运。很多人以为，肮脏之处才有美，然而实际上，肮脏之处只挤满了肮脏之人，他们为了忍受肮脏，不得不脏污了自己。

话虽如此，在我看来，姐姐这样坚强、美丽又高贵的灵魂如果真的存在，也绝不可能存在于净美之地。这一朵花只有在最芜杂污秽、最被轻蔑、唯有死亡是神恩的地方才会绽放。

夜场钱和白昼钱

——内田百间《大贫帐》[1]

我在 AV 女优时代和公司职员时代的金钱感觉

我退出 AV 界时，储蓄为零。从报社辞职时也一样。很多人听后很吃惊，大抵一副“哦，这个女人花钱大手大脚”的表情。其实我本人对高价之物兴趣不大，不狂买名牌，也不是每天都跟美食家一起去吃贵价餐馆，不嗜好葡萄酒。对我来说，

1 内田百间（1889—1971），日本作家。三岛由纪夫评论内田的文章“极致洗练，极致妙韵，毫无软弱纤细之处，墨痕丰艳”。原书名为「大貧帳」。

存钱这种事就和买爱马仕的伯金包一样，除非真心想要，而且运气很好，不然不会成功。[1]

不过，对于退出 AV 界时零存款和从公司辞职时零存款，人们的印象并不一样。我自己也有同感。干 AV 时和在报社时的金钱感觉，确实并不一样。顺带一提，两份工作的收入在金额上并无很大差别。那时我还在夜场陪酒，虽然只是想去的时候才去，算上这部分收入，以及客人给的小费，夜场时的收入也只比白昼工作稍微高一点点。而我当记者的时候，与父母及亲戚的关系比夜场时代要好，后来除了在报社上班，我还开始写作，报社工资不是唯一收入，最终到手的现金加在一起，不比夜场时代少。对了，我干了三年 AV，如果算上陪酒，在夜世界一共挣了六年钱，而记者我做了五年半，所以时间长短上也差不多。

---

1 只有在店铺的“预订表”排队，或通过和销售经理保持良好关系、得到优先到货通知，才能买到该款包。

公司职员时代每月领工资，心情轻松；夜场小姐时代挣钱虽多，心情不安定

简单来说，当钱不成问题时，在白昼世界当公司职员绝对更轻松。白天要定时去公司，上班占了时间，就不会每个月都去国外挥霍；只要没有赌博和“花钱的恋爱”等特殊性挥霍行为，就不会因为钱感到天大的压力，所以月薪制这种制度挺好的，免除了人在这方面的焦虑，不用考虑钱的事也能平静度日。当然，烦心事还是有的，男朋友总是不主动打电话，上司是个工作狂，等等。这些确实闹心，好在不掺杂金钱。

不为钱特别发愁的时候，就难免为别的小事儿烦恼，但夜场姐姐的常见状态，是没钱的时候也不怎么发愁。前面我讲了，我在夜场和公司时的收入如果以年为单位衡量，差距并不大。不过，总的来说，做夜职的时候，每月到手的钱没有上限，

某种意义上，我做夜职时非常有钱。说不清为什么，那时就算手头有钱，却感觉不到满足，依然在为钱焦虑，大概因为夜职完全是干得多挣得多，更多的钱永远在前方诱惑着，我随时要对峙这种甜美诱惑。而且，如果我厌烦了工作，收入马上就会降为零，这种不安一直存在，所以即便夜职收入颇丰，但心情一直不安定。

做白昼职业钱花光即入地狱，
做夜职就算没钱也乐呵呵的

尽管心情不稳定，我做夜职时的心态也是轻松乐观的，无论是用做白昼职业时无法想象的劲头一心钻在钱眼儿里，还是负债累累口袋里只剩不到一千日元，都笑得出来。这不光是因为夜场人相对都年轻，共享着一种年轻人的嚣张气焰。夜场还

有一种性质，那就是无须对自己的无节制、疏懒和穷产生什么刻骨的罪恶感或惭愧。那时我任由政府寄来的重要通知书塞满公寓信箱，懒得打开，甚至不明白各种税和保险费哪些已经付了，哪些在被催账。有时钱包里只剩了八百日元，偶然在抽屉里发现装着一万日元的信封，马上心花怒放，捏着这张纸币去弹子房，不到三十分钟就输光了。原本也是被遗忘的一万块，换来三十分钟的开心已经赚啦。那时，我快活得没心没肺。换成在公司上班，发薪日之前如果钱包里只剩八百日元，我会憎恨社会，厌恶自己，焦虑怎么活下去，内心始终承受煎熬。两相对比，很不可思议。

就像开头我说的那样，如果我是AV女优，说自己存款为零，人们大体会理解，认为干这行的即使有大额收入，也大手大脚，浪费挥霍，钱来得容易去得快；如果我是大企业员工，说自己零存款，就会被认为一定有什么不可告人的内情，整个人都笼罩着悲壮感。如果有人问我，是喜欢有钱时静好、没钱时地狱的白昼职业，还是喜欢有钱时莫名空虚、没钱时意外不愁的夜职，我会说我偏心喜欢夜职，谁让我生来是个懒散马虎的人呢。我这么说，倒不是呼吁更多年轻人放弃白天的工作飞奔进夜场，我只是觉得，一边是谆谆教诲、支持你走向幸运的东西，一边是倒霉时也陪你在一起的东西，比较一下，还是后者可靠些。当然，做夜职时没钱是真的没钱，而且没钱的理由大多数很荒诞不争气。过去，我和一个开牛郎店的老板同居，有一天，一个身无分文又上了年纪的牛郎来访，说是搬家费用还缺十万日元，如果弄不到这笔钱，就要沦落街头，问老板借了十万日元。牛郎拿着钱，当夜就在一个非法弹子房里花了个一干二净，一个硬币都没剩，这种笑话在夜场里到处可闻。

和穷人的艰辛不太一样的贫穷故事

我在前面讲了这么多钱的事，内田百间的《大贫帐》说的也是钱，文章口气淡淡，穷就穷了，毫无自惭。很多作者谈钱色变，认为钱是文化的对立面，谈钱显得俗气。百间先生不一样，他大大方方谈钱，详细到每笔的具体金额，笔致中隐约有种“在谈他人事”的奇妙感觉，与贫困报告文学或穷人的苦故事划开了界限。

“与钱有缘之人，无缘之人，走到一起，造就了人世。若只存在单方，难免逼仄憋屈。在我等看来，与钱有缘之人蓄财实乃好事，必能派上用场。”

百间先生是漱石门人，著名文人，却经常身无分文，听不到他为此叹息，但能看到他莫名其妙地爱面子。比如他担心被人知道自己是附近当铺的熟客；比如别人向他借钱，他没钱哪怕去借，也要守约。而且他还有个信条，会在别人求他的金额上再多加一些钱。

一次，有人向他借钱，他家里的现金勉强不够，就遣家人出去借，正忙碌时，得知向他借钱本身是场诈骗，总之是经历了一场稀奇事。在这种时候他却写道："若不是我多加小心，钱财便被骗子轻而易举地掠走了。如果遭遇此类事情，贷金于人之前，恳请各位多多玩味一番此事。"很捉摸不透百间先生这是什么视角，怎么就俯视性地给别人出起主意了呢？

不走运和不幸，幸运和幸福，性质截然不同

每次有人高谈阔论钱，不外两种陈腐套路：一、有些事不能用钱衡量，钱之外的价值才重要；二、漂亮话没用，钱最重要。如此说来，百间先生的态度既像二，也像一。他的话最

终无论落到哪里，都很自然。他对人没有不甘心，对自己没有自我厌恶，没有罪恶感。用当下的价值观看，他甚至有点儿旁若无人，谈起钱来既赤裸裸，又语气恬淡。

我不太愿意谈钱，谈起来情绪难免负面消极。这种时候，百间先生的文笔就像一种搭救。他的生活总是在谈钱，不管有钱没钱，他的心态恒稳不变。我觉得，他让读者看到了不走运和不幸没什么关联，幸运和幸福的性质截然不同。

百间先生一边很要强地说“就算没钱，我腹深处也满是福”，一边也不达观，有时也会很在乎。比如实在困窘时，不得不卖掉恩师夏目漱石的墨宝。他“内心苦痛难耐”，马上又想通了，“可是如果能以书换米盐，暂保我一家饱腹，熬过艰难，想必先生也会谅解”。等他手头宽裕了，赎回墨宝时下定决心，“再也不能做这种事了”，随后又卖到别处换成了生活费。他从学生时代开始收集的藏书进了当铺时，“深思此事实在痛心不甘，然而换一个态度，又觉得空空荡荡，神清气爽”，瞬间变得豁达起来。他在书中不仅写了从别人那借钱，贷给别人钱，还用相当篇幅描述了高利贷，可谓堂堂正正地为钱用尽了心思。

总结一下就是，百间先生虽然事无巨细地描写了穷，但他始终在濒危之际维持着一种自矜，一直在谈钱，灵魂和活力依旧好好的，并没有丧失半分。我觉得这一点和夜世界是共通的。因为夜世界的魅力之一，就是面对自己的不走运时，会叹息，也会嗤笑。嗤笑意味着自我接纳，原谅了自己的霉运。如果没有能原谅霉运的态度，万一真的遇见倒霉事，瞬间就会直坠不幸。如果有胆力对自己的不走运保持宽容，真的不走运之后，还有路可选，未必一定不幸。

仔细想一想，我做白昼职业时感觉到的金钱带来的束缚和压力，其实是因为身处一个相对安全的环境，我反而不敢冒险，没有勇气原谅自己的不走运。很多时候，无法原谅自己不走运的人，也无法原谅他人的幸运。当你被这种人包围时，嫉恨和不甘心会先于你的真实心情占据你的脑海，你更容易直坠不幸，而且会越来越多地攻击别人。

顺便一提，我发现闯过艰难人生抵达长寿晚年的作家比自杀而死的作家更有美感。说不定，百间先生的豁达心态和他八十一岁寿终正寝之间，也存在着某种关联。

世上最不平等的关系

——佐野洋子《静子》[1]

父母这种东西，越早扔掉越好

女人只有弑母，才能得到自由。

我见过各种各样的女儿。有的女儿明明应该趁早离开家，扔掉亲子关系才好，她却不，反而主动自找苦吃；有的女儿和父母关系不至于特别坏，却早早离开家，与双亲一刀两断，坚强地选择了孤独。但我发现了母亲这种东西很复杂。母亲存在

1 佐野洋子（1938—2010），绘本作家、随笔作家。代表作《活了100万次的猫》。原书名为「シズコさん」。

时，是一种重压；不在了，又以“不在”的形式让女儿痛苦。

说到我自己，我还没有独立生活能力时，生杀大权都在母亲手里。那个时期，我和母亲的关系不算特别糟糕。虽然母亲伤害了我，甩掉过我的手，责骂过我，对我撒过谎，但那时我能做、应该做的事都是注定的——拼命去够她的手。而且从根本上说，我只经历了母亲给我营造的这一个家庭，不知道外界别人家的情况。那时，抛弃还是不抛弃我，选择权在母亲手里，我无能为力。不过最终的最终，我心里始终模糊地相信她不会扔掉我，从这个角度看，我想我是个幸福的孩子。

成长到十几岁后，我在“母亲不在”的地方待的时间越来越长，明白了母亲不是唯一能保护我的人，母亲便开始在我眼中失色了。我读书，结交朋友，给自己寻找老师，结交比母亲更熟知我身体的男人。这时我发现，此前我没有任何选择的余地，只能相信母亲的价值观；现在我的价值观开始独立，变得异于母亲了。这样一来，我对母亲的爱就不再是无条件、不假思索的了。

进入这种时期后，女儿变得能够批评母亲了。随着母亲逐渐老去，抛弃或不抛弃的权力越来越转移到女儿一方，该由女儿下决断了。就算女儿心里明白——若想自由，趁早抛弃父母是最好不过的，可心中的愧疚，会让女儿迟迟下不定决心。而且，厌母这种事情意味着自我否定。因为女儿在母亲的养育下长大，共有过母亲的价值观，否定母亲即否定自己，对女儿来说，心里这个坎儿很难越过。

不是厌恶她的母亲身份，而是厌恶她这个人

我在一二十岁时，曾有一个时期认为母亲是世界上最卑劣的人。

母亲在世人和社会前深深隐藏了真实的自己，却毫无防备地暴露在女儿面前，女儿从小一直看到大，看到了与外面的其他女性相比，自己的母亲多么狡猾，自相矛盾，疏懒而无节制。女儿年幼时没有判断力，也许看不穿这些，然而长大后回想童年，一一想起旧事之后，便开始蔑视母亲。这种心路历程大多数女性都经历过。

“我清楚地认识到，我用钱扔掉了母亲。”佐野洋子在《静子》里斩钉截铁地写道。

《静子》是一部随笔集，作者佐野洋子从战后跟着母亲经由大连返回日本时的回忆讲起，一直讲到母亲已经几乎卧床不起的现在。在漫长岁月里，她和母亲想爱却爱不起来，想被爱却得不到爱。母亲静子现在已老迈痴呆，躺在老人院病床上，用安全别针固定住睡衣和床罩以防跌落。凭借绘本《活了 100 万次的猫》获得了名声的佐野洋子花费巨资，把母亲送进了养老院。

“这是我为憎恶母亲而付出的代价，”她写道，“如果我爱过母亲，也许不用花这么多钱，我也不会太在乎，就算把她送进普通的特别养护院，让她和别人混住多人间，我也不会内疚。但是我没有爱过她，因为这个，我觉得欠了她，不得不挑选了最高级的养老院。”

在第二次世界大战结束后的混乱时期，佐野洋子的母亲静子不得不离开北京，放弃大城市的愉快生活，被迫住到体弱多病的丈夫的父母家近旁，过憋屈不自由的生活。在这样的生活中，母亲静子生了七个孩子，早早夭折了三子。静子原本是典型的“摩登女郎”，爱装腔作势，喜欢社交，爱面子，虚荣心强。在女儿洋子看来，母亲本应该疼爱家人，但静子目中无人，身上没有这些温柔之处。

“我不是厌恶她的母亲身份，而是厌恶她这个人”，洋子这样回想。母亲静子偏爱的儿子——洋子的兄长早夭之后，洋子经历了虽非虐待却与虐待无异的生活。她被迫做繁重家务，稍有偷懒，便会遭静子白眼睨视：“你想蒙骗我？想得倒美！”洋子在外面玩完回家，脑袋被静子捉住狠狠按到柱子上：“去哪儿玩了？啊？！”那时洋子还是小学生，母亲如此严苛，她甚至想过“也许在母亲眼里，死的应该是我，而不是哥哥”。

不爱的冷漠，弃母的自责

同时，母亲静子作为一个普通主妇，家务做得无可挑剔，完美得近乎异常，每天在丈夫回来前都化妆打扮妥当，还深受丈夫学生的敬爱。丈夫在日本战败后完全萎靡了，静子代替丈夫养家糊口。三个儿子早夭，丈夫也未及年老便去世了，原本是主妇的静子从四十二岁开始工作，把活下来的四个孩子都送进了大学，对战后的贫困生活没发过一句牢骚。静子在工作上很了不起，但没承担起所谓的母职。

佐野洋子在文章里毫不留情地揭露了母亲的可恶之处。她是一个敏锐的观察者，在她眼中，母亲缺乏对子女的爱，把身有残疾的弟弟妹妹强行送到叔母家，让叔母照顾，自己根本不管；母亲自私虚荣，她会编造自己的学历，在被问到居住地时撒谎，在国外旅行时因为不会用刀叉而提心吊胆；得知女儿在绘画写生会上得了奖，不为女儿高兴，只担心自己参加颁奖仪式时没有衣服可穿。文章时常出现超出常理的憎恶，“如果问我具体讨厌母亲的哪些地方，我都想不起来了，她的所作所为都让我生气，连她的气味都讨厌”。

但文章里不只有这些，也逐渐写到母亲好的一面，以及作者自己在儿童时代里的问题。作者回忆从前，“我不是大人喜欢的那种小孩”。她至今仍在痛苦，并非从前受虐待时留下了阴影，而是她从未爱过母亲，她为自己的冷酷而内疚，为最终花钱抛弃了母亲而自责。她跟叔母更亲，她在文中回想，学生时代问过叔母“为什么母亲变成那个样子了呢”，以此正视自己对母亲的蔑视。“我为自己不爱母亲而自责，恐怕这辈子也无法解脱了。”她在已经痴呆卧床的母亲面前吐露了自己常年想爱而不能的愧疚之情，并希望与世上其他苦于母女关系的人一起共鸣。

极想否定母亲的价值观

我长大成人后，认识了很多与母亲搞不好关系的女性。由此我知道了自己不是最个别、最特殊的一个，知道了自己没什么才能，连烦恼也很凡庸，说不上是好事还是坏事。但我还是不能轻松对待与母亲的关系，既整理不好，也无法收起不提。

我与母亲之间的沟壑、母亲的性格、她的人生烦苦、我的罪恶感，都无法与旁人共通，唯有我自己知道，除非我有亲姐妹与我一起面对。

我母亲在事业上很成功，常常被很多人夸赞年轻美丽，她守护了家庭，直到六十六岁去世，一生勤学不辍。她是海外学成归来的美人，事业精英，发奋上进，工作努力，我父亲的朋友们也敬仰欣赏她，但她有很多古怪的价值观。她是自由主义者，有思想有见识，但她鄙视家庭主妇，鄙视妓女，鄙视名媛贵妇，鄙视夜总会陪酒女。她出身富裕之家，受过良好教育，她忽视了自己在受教育和经济方面从原生家庭得到的恩惠，看不起其他接受男性庇护的没有学问的女性，觉得自己与她们是两种截然不同的生物。她是让家政工人称呼她“老师”的那种人。我在她的养育下长大，在距离她最近的地方观察了她的自相矛盾之处。为了否定她的价值观，我廉价出卖自己的身体，用男人的钱尽享奢侈。至今我都记得，第一次用性换来钱后，我的心情多么激昂兴奋，觉得自己报复了母亲。

但最终还是无法否认，我在母亲身边长大，她的价值观、她的趣味，都在我身体里深深扎下了根。毫无疑问，她决定了我的人生方向。我和母亲之间始终充斥着互厌的气氛，不仅讨厌对方，还把自己的扭曲之处投射到对方身上加以憎恶，我就这样长大了。

埋入土中之后，才开始反复不停地说对不起

“我一直讨厌母亲。一直，一直都讨厌。”佐野洋子和母亲静子的关系，与我和母亲的关系完全是两回事。作为女儿的我们的性格，双方母亲的性格，所处的时代和环境都迥异。佐野洋子为自己没有爱过母亲而自责，一直得不到解脱，有时她

的存在本身让我共鸣。因为我也内疚，自责不该用那种轻佻行为报复母亲。母亲生我时三十三岁，在我自己也即将三十三岁时，母亲去世了，享年六十六岁。那段时间，我翻来覆去地读了这本《静子》。

我来往于医院病房和歌舞伎町夜总会之间，自责之念越过了极限，内心一片空白，什么都感觉不到了。母亲无力地躺在病床上，见我要离开，总找理由让我留下。她找的理由当然不是什么大事，只是希望我留在她身边，等她睡熟后再走，生怕我抛弃她。我都明白的。我该多陪陪她的。可是每到医院熄灯时间，我便丢下她走了。母亲从检查出病症到去世一共两年多时间，我原本有机会向她说谢谢，可最终连一句道歉也没有说，不得不带着遗憾办了丧事。待到将她烧成灰埋进土里，我才反反复复地说了对不起。

痴呆的静子就那么在养老院里度过了每一天，什么都理解不了了。“直到母亲变了一个人，不再是我母亲了，我们之间才有了温柔的对话，”作者写道，“我不是一个好孩子，对不起啊。”说出这句话后，“我得到宽恕了，我被一种超越了凡人认知的巨大之力宽恕了。”

作者以前就对母亲静子有怜悯之心，她最后总结经验道：“扔掉母亲之后，我终于有时也能变得温柔一些了。”

如果把母亲和女儿看作他人关系，未免是距离太近的他人。但终究，母亲和女儿只能是他人关系。只有等母亲的身体开始破碎衰退，女儿和母亲变成照顾与被照顾的关系，双方才开始平等，除此之外，无可救药。

女儿只有抛弃过一次母亲，才会意识到自己有厌恶母亲的自由。在此之上，原谅自己厌母，就是一个女人离开母亲，获得自己独有人格的过程。面对母亲身上的无数矛盾纠结，如果女儿足够幸运，即使做不到理解，也至少能原谅。

第五章

把语言　贴到身上

“我听不懂话，我们去逛街看商店橱窗吧，你看那个，多漂亮。”

——鲍里斯·维昂《岁月的泡沫》[1]

1 鲍里斯·维昂（Boris Vian，1920—1959），法国作家、剧作家、诗人。代表作《岁月的泡沫》《我唾弃你们的坟墓》《李·安德森的复仇》等。

说不定我能活过此夜

——金井美惠子《天黑了也要继续玩下去》[1]

三十八岁是幸存者的年龄

最近我越来越强烈地感觉到，自己侥幸活下来了。和年轻时相比，现在我没玩什么危险游戏，没得重病，也不曾险境逃生，但在我心里，三十八岁完全是幸存者才能活到的年龄。原因之一是我喜欢的性感偶像大多年轻早逝。三十六岁生日后，

1 金井美惠子（1947— ），日本作家、评论家。原书名为「夜になっても遊びつづけろ」。

我感慨自己活到了最喜欢的电影明星玛丽莲·梦露的享年。其他诸如珍·哈露二十六岁离开人世；色情女优出身的饭岛爱的遗体在她三十六岁那年的圣诞节被发现；凭借粉红电影出道的铃木出海自缢身亡时三十六岁；名震一时的色情明星林由美香死时，距离她三十五生日只有一天。不少给我留下深刻印象的同时代的色情女优，有几个与我稍有来往的，也早早离开了人世。不过，日本从事色情影视产业的女优众多，有些人出道了也无片可拍，可以说绝大多数还活着。无论如何，几个同龄人在三十岁出头时便死了，让我至今记得。

所以，我侥幸自己又多活了几岁的同时，也有强烈的幸存感。我虽没想过要去死，但也为自己的平庸感到无聊，遗憾自己没能崇高地死掉，这确实是事实。在贩卖性与色的世界里，只要是十几岁的人，谁都能轻而易举地变成商品，二十几岁的人相对来说也无须费劲儿，三十几岁的人就得凭借美貌和技巧了，而即使有无比的美貌和技巧，四十岁也是一面高墙。这在外人看来也许很无聊，身在其中的人却有切身感受，证据就在那里，并非无凭无据。代表一个时代的性感偶像们未及四十岁便死去了，我感慨偶像之死里有种凡人不可及的崇高，而我这种无法优雅转身离开的人，只能带着给尘世添过热闹与喧嚣的一副身体，不能满足，无法如愿，照常活下去。我相信我用一些价值观塑造了自我，就算这些价值观从我身上被生剥而去了，空余下赤裸而丑陋的我，就算我刻骨铭心地认为这种丧失是永远的，再也找不回了，我也得活下去，度过日常的每一天。

我相信自己明天或明年都能照样活着

我小时候，对未来想得倒不多，我更看重当下的夜晚，看重即兴的、瞬间的随心所欲。话虽这么说，那时我并不是每一天都处于“活在当下”的状态里，我也思考过未来。所以我才准时付房租，摄取蛋白质，补充维生素，为写硕士论文去国会图书馆收集资料，时断时续地做永久脱毛。那时我看上去放荡而堕落，之所以做这些，是因为我盲目地相信明天、明年，我会依旧活着。我察觉到这些营养、美容和学历能让我在三十五岁之前心情快活，不至于太凄惨，所以认真交了房租、住民税和保险费之类，做了脱毛，去大学上了课，脑子里从未冒出过结婚生子的念头，从未想过四十岁以后要去洗文身，没有考虑过年轻时美黑过度的皮肤到老时会糙成什么样子。那时，我没有具体证据支持活下去的决心，也没有受过特别强烈的死的诱惑，只隐约觉得我能活到现在的年龄。

我这算侥幸多活了几岁呢，还是死里逃生？无论如何，我活过了那些美丽的性感偶像死去的年龄，正在跨越我全然未做心理准备和人生计划的年龄。很遗憾，这话说起来很平淡，没什么戏剧性。不过，活着总比死明亮些，至少活着本身不是一种疼痛，权当是好事吧。

我明明有个闲得发慌的身体，却幸存下来了；明明我的身体和日常都有逐渐无聊、逐渐荒废的可能，可我依旧随意而稍带乐观地活着。我活到现在的理由，我想是话语、语句和文字的存在。我没有卓越的语言才华，也不比别人拥有更多思想，但我知道，如果不是依赖语言的力量，我无法轻松地幸存到现在。

拥有自己的语言

“总而言之，大众不懂得用语言表达自我。在国家体制下，民众只懂得国家分配下来的话语，只会说家常话，除此之外，没有掌握其他话语。”

作家金井惠美子十几岁时凭借小说《爱的生活》出道并深受好评，上文出自她二十岁前后给《产经随笔》写的杂文《温柔的语言》。文章开篇引用了大众情歌《爱我爱到骨头里》的歌词“我被甜言蜜语迷昏了心窍，一心相信了那个人”。她还写道：“被这一类语言迷昏头脑，是一种大众史。人们之间的口角是非代言了大众生活的窘状，化作有着无穷多哀怨的歌词。”“大众承认了语言不存在于理论中，只存在于平日的聊天里。人们默认一条规则——语言是不可信任的，还用说吗？语言可以表述一切，连不守信用也能变成美德，由此大众陷入了不信任自己的语言的陷阱里。”“人们想表达自我，却没有内在的自己的语言，由此陷入沉默，不再信任对方的话语，出于强烈的反作用，反倒相信以广告词为代表的报纸杂志和电视里的语言是智慧和良知。所谓迷昏了心窍，就是兀自相信了什么。”

“拥有语言”是一种特殊的感觉。不仅是过去的昭和时代（1926—1989）的情歌，平成时代（1989—2019）的流行歌曲也照样将不成语言的东西（情绪或恋爱感情）奉为高尚，把语言贬低为轻薄之物；同时，在教育和恋爱等场合也可以看到，人们其实在憧憬通过语言达成沟通和理解。语言是可以伤人的，人们公认语言是一种凶器，其犯下的最常见的罪恶是伤害人们的自尊心，有时它甚至会成为自杀的理由。我觉得拥有自己的语言、不被迷昏头脑是一种防身术，至少可以在一定程度上回避“举步维艰，处处碰壁”的苦境，也可以防止对语言的过度信任，虽然这句话看上去前后矛盾。

金井在发表随笔的前一年，发表了一篇关于“疯癫族”[1]的文章。“疯癫族”是20世纪60年代广受媒体关注的奇异年

1　1967年夏天出现在东京新宿车站东口草坪上的一群年轻人。这些人不工作，不修边幅，头发肮脏，穿喇叭裤，长时间在草坪上逗留，呆望路上行人或向其讨要零钱，不时发出奇怪的尖叫，将安眠药、摩登爵士舞和自由性交奉为“疯癫族三大正义”。

轻人群。“他们看似混乱无比，实际上拥有变革的梦想，想要改变这早已无从改变的坚固世界。‘疯癫族’向既往在错误的变革中绽放了华丽而狼狈之花的青春无声地说了不。”随笔的结尾是这样的：“如果他们拥有了可以称之为表现的语言，还有必要创建‘疯癫族’这种意义不明的集团吗？从某种意义上甚至可以说，疯癫族群体将自己与社会隔绝开来，自我封闭的墙内，是只属于拒绝适应社会的年轻人的贫穷地上乐园。”

在SNS上“竞善”，是种可以回避的无用之举

我快二十岁时，第一次读了金井美惠子的早期随笔集《天黑了也要继续玩下去》。书中不仅有关于语言的文章，还谈论了幸福、青春、电影和一些真实存在的人物。这本书是一个契机，让我意识到语言的重要性，也是我寻找语言的过程中的精

神后盾。她的文章笔致充满张力，毫不留情。我那时还小，也说不清楚为什么，只觉得她令我信服，令我知道了拥有语言的人看待青春的视角。她可愤世嫉俗，在她用语言的刀锋划破的空气缝隙里，出现了一个迷人的世界。

众多粗心大意的年轻人有一种通病，即把他需要的语言和别人希望他说的语言混为一谈。就是说，他始终在竭力用普遍流通的善恶观念做自我纠正，简直像强迫症，不这么做则内心不安，所以现在出现了一个流行词，叫“难活”[1]。当然，把握这个世界单纯的善恶标准，有助于立身处世。但如果用这种大观念去格式化自己拥有的小观念，就不太妙了。我倒觉得，年轻人趁着青春，应该多多尝试，看看当我们将社会主流强行设置的善恶坐标置换成个人思想时，会出现多大的振幅偏差。

---

1 比喻无论怎么活都会碰壁、受阻、被压抑，活着的每一步都步履维艰。

现在，众多年轻人和已经参加工作的人被社交网络夺走大量时间，人们在网上“竞善”，两边都认为对方是愚昧的，都想把自己“正确的善”强行灌输给对方，能言善道的人想把笨口拙舌者消灭一空。其实这些毫无意义的行为是可以回避的，就看你怎么度过你的青春了。这些行为能解闷的时候并不多，只是在你被打败的时候。你向一个人挑战，同时不得不承认对方拥有的力量和语言胜过你数倍，败者的快感让你觉得无聊的时间也有了意义。

为了获得活着的真实感

从这本随笔集里引用几段关于母亲的话题。

“母亲是我们的血亲，与我们血肉相连，是我们生命的原点，具有日常性和保守性，终将被孩子背叛。一个女人只因为是母亲，就拥有无限大的力量，我们只有在精神上彻底背叛过她，才能在所有斗争中盛放出暴力的鲜烈红花。”

她提及幸福时，引用了《青鸟》里的蒂蒂和米蒂得知他们即将出生的小弟弟诞生之后不久就会死去时的段落。

“蒂蒂生气地嚷：‘那你来一趟还有什么意义！’确实，这短暂的生，有什么意义。但幸福就是这种东西，哪怕他原本知道自己会死，还是不得不走一趟。幸福原本不存在吧？只是我们被迫去寻找而已。幸福多半是观念的产物，与所有观念的产物一样，是空中楼阁，充满疯魔和妄想，充满了阴惨的执念。幸福这种观念原本也属于疯魔和迷妄，所以，什么幸福的婚姻和家庭，幸福的恋人根本就不存在，也无从存在。”

无可否认，这些句子带着 20 世纪 60 年代的气质，是那个时代的态度。当下网络社会的人们更喜欢皆大欢喜的气氛和漂亮的金句。金句不触犯主流的、高高在上的善恶标准，显得温情，显得暖，带来无关紧要的小触动。老派文章自然不再被重视。现在的年轻人谈到青春、幸福或母亲等问题时，引用名人的漂亮金句，装作很懂，可是这些东西未必能带来脚踏实地活着的感受。我觉得，年轻人可以尽享这段青春时间，可以尽情享受自己的巨大闲暇和尚未定型的身体，可以不当回事，也可以像在认真考虑这个世界的未来似的、一丝不苟地度过，都可以的。我只是觉得，你明明知道活着这件事非常难，却总想用轻巧的金句概括，希望别人夸奖你口才好，只为这个而活没意思。空虚和无聊会给人空隙，让人生出嗜虐心，欺侮他人，也虐待自己。我之所以坚持活到了三十八岁这个有些傻乎乎的年龄没有死，一部分是因为青春时代空虚无处不在，我快活地利用了，没有认真地为之悲伤过。

“所有青春都带着悲壮的色彩，因为青春的本质之一就是，明知不可为，仍然在为绝望的尝试付出代价。”

女孩的心不是那么规整的东西

——井上厦《私家版 日语语法》[1]

让字典来解释什么是“稠糊糊”和“雾蒙蒙”吧

经常有人问我，歌舞伎町的魅力是什么。我在歌舞伎町旁边住了几年，在里面工作过，经常连续多个晚上去那儿玩，这么看来，我是喜欢新宿和歌舞伎町的。我确实不讨厌歌舞伎町无精打采的白天，还喜欢那里热闹喧嚣又岌岌可危的夜晚。

1　原书名为「私家版　日本語文法」。

深夜一点钟之后，那些只能活在夜世界的人茫然无措、无处可去的样子[1]，我也喜欢。

我经常这么回答："在夜夜派对狂欢这点上，歌舞伎町和六本木、涩谷、浅草很像，但又多了一抹稠糊糊的气氛，这就是魅力所在吧。"

"稠糊糊"（どろどろ）这个词称不上是准确表达，有点儿偷懒，但这三个字确实传神。很难将其解析开，写成具体的文章。手边的《新明解国语辞典》第七版里"稠糊糊"的词义：（1）硬物软化变成不透明液体后的状态；（2）各种要素混杂在一起，不明朗，无从分析的状态。我觉得歌舞伎町稠糊糊的状态确实像不透明的液体，无从分析。嫉妒、爱、享乐和绝望等各种要素混杂其中，不是硬物变软了，而是软泥似的东西在硬

1　歌舞伎町深夜一点后停止营业。

化、耸立之后重新软化成了泥。

我平时用这个副词去描述说不清道不明的情绪，用惯了，以为理所当然。这么分析一下就会发现，其实词典和专业书籍早就做了具体的文字化解释。

类似“稠糊糊”的拟态副词，最近常见的还有“雾蒙蒙”（もやもや）。社交网络擅长把这种副词缩减变形成动词，雾蒙蒙有时写成“雾了”（もやる）。“刚才首相的记者招待会，看得我很‘雾’。”“昨天，我和权力骚扰的上司谈了话，但还是很‘雾’。”这种说法带点儿自嘲，表达力度稍逊于明晰的批评。现在的年轻一代似乎很容易“雾”。查词典的话，“雾蒙蒙”有两种意思：（1）朦胧暧昧之中难以捕捉确定实体的感觉；（2）因为事情找不到真相，或得不到解决，人无法消解心中的不安和不满。看过这个解释就会察觉到，此词的背后潜藏着一种心思——一个人说自己“雾”，是在期待和渴望走出大雾，将自己的不安和不满整理清楚。

一个人不假思索说出的话里有深层意识，追寻思考一下是很有趣的。

女孩的心思总是不稳定，无法预测

有位深受拥戴的运动员说过“要整理内心”，我没那么高尚，不会这种超人技巧，从过去到现在一直觉得内心无法整理，顶多能整理一下自己的语言。内心何从整理呢？尤其是年轻女孩，内心每时每刻如同高山天气一样不安定，无法预测。前一个瞬间还在想，世界赶快毁灭吧；下一个瞬间就愿此刻的平静幸福能成永远。就这么倏忽鬼魅，完全不可靠。前一刻还在想，我真的很棒；下一刻开始哀叹，我无能又平庸。前一刻心存侥幸，觉得自己说不定是个特别人物；接着马上焦躁狂怒，认为自己屁都不是。

年轻最麻烦的地方在于，拥有超强的行动力和用不完的体力。前一刻希望世界赶紧毁灭，随后又想收拾起这种心情，转而变得平静开心，开心之后又会遇到烦心事，于是重新陷入“快毁灭吧”的心态，想远远逃离。自己给自己添各种麻烦，再度心乱如麻，如此循环往复。这个过程里又混杂着酒精、性、音乐和金钱，变得更加难以收拾，由此乱心之事愈加频发：一夜狂欢的酒钱付了三个月才付完；看完演唱会回家路上骨折了；因为不小心的性事染上了性病……

冷静而理性的女孩当然存在，像我这种越出常轨、令世人发出“？”的类型，基本都无法顺利接受“自己是凡庸常人”的结论，想用省力的方式一脚踢飞自己的凡庸，为此反倒显出恶形恶状，当众出丑。比如毫无顾虑地脱衣服，比如卖唾液要价几千日元，比如在镜头前摆出诱惑姿势。其实只要是年轻女孩，这种脱轨的行为谁都能干，无需技巧。这些行为本身凡庸得不能更凡庸，但它们能让人瞬间觉得自己超凡脱俗，心中绽开一朵小小的恶之花。这种女人存在于所有时代。

“所有经过这种青春的人都会长大。”这句话说起来很陈腐，也很寂寥。长大后回想从前，觉得很多事明明可以不做，但已无法挽回，只有悔恨在心里久久难消。从这种成长经历里能得到什么吗？由此能正视自己、找回自己吗？也不见得。从根本上说，年轻是愚蠢无知的。我们为自己的愚行感到脸红、心生忏悔、去纠正弥补的过程，让我们逐渐成熟。总而言之，人心原本凌乱无序，无从整理。我不想评说这种凌乱是好是坏，我只想说，如果我们逐渐学会与凌乱相处，学着从自己的凡庸中体会活着的真切滋味，从而平静下来，那么就不必再像我从前那样，在俱乐部酩酊烂醉，在厕所里交媾寻欢了。

人通过语言把握人生

在上述过程中最起作用的，是我们使用的语言，即使是那种不发出声，在心里也能使用的语言。小猫小狗都不会、只有人能留下记录的语言。如果说，与自己的凡庸对峙的过程便是青春，那么正因为有了语言，我们才会感到语言即使无法改变凡庸，也能让我们知道凡庸人生有很多乐趣，值得去享受。别看我现在这么说，我在青春刚开始时光顾着学英语了，对自己的母语抱着“会说就够了”的态度，忘到了脑后。不记得上次听到“接续词”和“人称代词”之类的语法术语是什么时候了，大概就是在英语课上，偏科英语的人多会这样。而母语这种东西，我们在记忆不鲜明的幼儿时期就已经掌握，开始使用了，除非出了大笑话、大毛病，一般不会专门去检查语法。可就算我们不觉得说话难，有些人生小障碍也有可能是语言引发的，所以语言很重要。而且无须我多说，我们的人生是通过语言掌握的。

“首先，我们始终在测量自己与对方之间的距离，为了配合对方而煞费苦心。为了细微调整这种间距，第一，我们需要无限多的人称代词：我，你，他，等等；第二，我们要在此基础上进行调整，于是间距成型了。为了固定间距，我们还需要各种物主代词和指示代词来区分远近。这里，那个，这么，怎么……人称代词的目的，是为了参照对方确定自己的位置；物主代词等则用于和对方一起圈定共同的地盘。我们为了维持与对方的关系，不让其断裂，就需要花费心思去维持间距。”

以上几句，见于井上厦的《同伙与外人》一篇的开头，这篇文章收在《私家版 日语语法》里。年轻人哪儿有时间和劲头去读语法学家写的语法书啊，更不要说我这种极致凡庸又经常脱轨的人。周末我要拍片，要约会；平时要去夜总会上班，开工前要同伴，收工后要 after[1]，根本没想过认真学习语法。不过我认为，如果想纠正自己的母语，那就找一个说着我最喜欢的话的人，跟随他学舌也挺不错的。我带着这种心情读了井上厦的这本书。

我原本就很喜欢井上厦写的戏剧和小说。他的故事总喜欢偏离主路，不停往岔路上拐，随处可见很烂的谐音和化用，以及由此而来的辛辣讽刺。所以我很想知道，他这种写作特质究竟建立在什么样的日语造诣上。

以“语法”为尺观察事物

“最开始上日语语法课的时候，要是老师能花些时间，哪

1 与前文的“同伴进店”同理，营业结束后，小姐与客人一起出店，找酒吧小坐或去餐馆吃饭，叫作“after”。

怕一个小时呢，讲一讲所谓的日语和日常口语的分界线在哪里就好了。当然了，我这么说是在为自己的懒惰找借口，也是东北方言圈[1]出身的人的怪脾气。如何理解，随读者意。”

本书一开篇就对学校的语法教育竖了中指。随后，井上引用基础文献，解释了日语的所有语法，并不时插入异议，还列举了诸如色情业的招工告示、报纸的读者投稿等大范围实例，独特而偏执地分析语法如何影响着我们的思考，随处插入一针见血的政治评论。

井上引用“交换伴侣游戏”专门杂志的信息栏投稿，讲解了日语里不被重视的接续词[2]的暧昧性：“我们不喜欢使用接续词，就像我们也不喜欢立论，不喜欢确定前后句的逻辑关

---

1 在日本青森县、岩手县、宫城县、秋田县、山形县、福岛县、新潟县东部、北海道等地的方言里，“su”“zu”“di”“du”等都发同一个音，在音韵上与通用的日语标准发音不同。

2 接续助词，即将两个句子连接起来，体现两句之间并列、转折、因果、递进的关系，承上启下的助词。

系。在我们想表达情感时，接续词派不上用场，所以我们不愿意用。”

他以炮房旅馆的广告为例，分析了日语丰厚的造语能力。

“‘各隔室皆设卡拉OK开业七周年纪念忍痛出血大甩卖’，这个宣传口号真不错，忍痛出血大甩卖，我都忍不住拍大腿为老板的俏皮劲儿叫好。”

接着，他分析了“……的”“……化”“……式”“……似的”等结尾词的变化。

“我们原本想更准确地表明某种状态、某种感觉或某种性质，但找不到现成的最合适的语言，为了省事儿，这些结尾词就被发明出来了。这种图省事儿的词多半出现在态度差劲的批评里。不得不说，人这种生物本性恶劣。”

文章里有很多诸如此类的粗暴结论，我小时候总是边读边笑。他还在文章中暗示，日语的敬语体系是再明显不过的“人情买卖”。虽然都说日语之所以有丰富的敬语表达，是因为日语本身缺乏表情和大幅度的动作感，但他认为无论哪个国家都有同样丰富的敬语表达。我看到这里时，虽然不太信服，但也不禁觉得“好像是这样”。为此他用了很长篇幅，写了一段具体实例，其中独特的井上腔调给我留下了深刻印象。

“就算我儿子以第一名的成绩从东大毕业，进了大藏省，走上人生坦途，先当上大藏次官，后投身政界，以后一定会成为保守党内阁的中枢人物，那我称呼儿子时，也不能说成‘我那个贤子’。同理，就算对方的儿子再废再渣，我也只能遵循人情世故，写成：‘听闻令贤郎前因强奸妇女被警察带走，尊忧可悉，事皆有因，若非令贤郎风华正茂年轻有为……’”

他还用很多日常可见的词语表达做尺度，衡量思考了日语语法的构成。比如《君之代》[1]的“之”，可不可以用其他

1　日本国歌。

词代替；为什么人们总是谈论天气（再读这本书时，看到“我国的天气预报显然不属于气象学范畴，而是一种岁时记文学”，忍不住喷出了正在喝的碳酸水）；为什么政府文书里总是使用被动表达；日本人把外国人称为“外人”，这种外国人恐惧症/轻蔑症的深层原因是什么；为什么基督教在日本的宣教活动成果不大，教宗也束手无措；等等。我读这本书时，还是个凡庸、忙碌又自我意识过剩的小女孩，有时对自己的语言感到厌倦，有时为找到新的表达而陶醉，认为自己很会舞文弄墨，简直具有值得大书特书的独特资质，有时觉得自己太敏感易碎，难容于世。小孩子总是以“我”衡量世界，什么都是我、我、我。我那时也一样，读过这本书后，心里萌生出一些感觉，开始察觉自己的“我、我、我”，其实都是自以为是。

如果自己这种程度就算独一无二，那么一亿日本人全员独一无二

对只能用语言来思考和表达的普通人来说，大脑里难以控制的原创想法，都走不出凡庸。也许有时会自感良好，误以为很微小的情绪是了不起的个性，其实年轻人的想法并不像他们自己认为的那样自由独特。也许有人会为此沮丧，可我觉得不用那么悲观，我们察觉自己没有个性的同时，必然会发现其他人的特质。

我们有时觉得，“我真的是很难融入社会的人呀”“我个性很强噢，与别人合不来”“也许世界上只有我才拥有这么特殊的感性，太纤细易碎了”“这些现充[1]怎么还不爆炸”，这些想法甜蜜而舒适，只要是自我意识过剩又不擅长社交的年轻人，

1 指代现实生活幸福而充实的人。

脑子里都浮现过。其实大部分人并没有值得一提的个性，不过是平均值中的一员。如果我这种程度就能称为独一无二，那么日本一亿人口全员独一无二，都应该获得相应的尊重。若能认识到这一点，即使不拼命卖唾液、和人上床、花钱去优雅酒店喝什么下午茶，也能维持静稳的心态。自然而然，一件事的终结是另一件事的开始，当我们不再认为自己是世上唯一时，便开始变得温柔了。

女孩的心思不是那么简单就能整理清楚的。一方面我觉得，如果我们努力整理好自己的语言，至少可以做到不伤害他人，不再为自虐性的游戏疲于奔命，青春能变得稍微轻松一些；另一方面，如果我们对自己的语言有清醒的意识，就会意识到自己的凡庸并不值得悲观。虽然“独特的个性”并不真实存在，但我们可以把它当作一种巧妙的自我掩护，在生活的荒野上昂首前行。

百年前的老盐，今日女性的新味

——斋藤美奈子《摩登女郎论》[1]

不懂事的女人 # 的话题标签

“Every generation blames the one before.”（每一代人都在抱怨上一代人。）这句歌词出自创世记乐队（Genesis）的贝斯手迈克 · 拉瑟福德（Mike Rutherford）后来结成的乐队迈克和机械师（Mike + The Mechanics) 创作的一首歌。就像这句歌词所

1　斋藤美奈子（1956—　），文艺评论家。原书名为「モダンガール論」。

示，一方面，年轻人总是怀着反抗心，全盘否定自己的上一辈人，每一代都是这样，没什么可奇怪的，而另一方面，上一辈人也喜欢训诫后辈——你们竟然妄图打造一种有悖于前的新价值观，也不看看自己算老几。

比如前一代辣妹年轻时，对大人和社会竖中指，化妆过激，打扮过剩。现在她们依旧不想放弃自我讴歌，认为如今的女高中生衣着打扮太规整，太精致素雅，简直没意思。哪怕她们知道自己像多管闲事的阿姨，也忍不住想说："等你们老了再这么打扮也不晚，十几岁就这么穿太可惜了！"

学生运动最高潮过去后，20 世纪 70 年代的年轻人被上一代人称为"三无主义者"[1]，可他们依旧假装泰然自若。先是女权运动引发了社会关注，随后"新保守女子"和"后女性主

1 "三无"指无感动、无力气、无责任感。

义者”等概念也出现了。就像大家都说邻国之间不对付——巴西和阿根廷关系别扭，德国和法国看不对眼一样，上一代人和下一代人通常也互相不服气。

刚进入 2021 年后不久，社交网络上不时能看到 # 不懂事的女人 # 的话题标签。当然大家都知道，提供话题的是森喜朗[1]。森担任东京奥组委主席时，曾发表过“一个会议如果有很多女人参加，会议时间就特别长”等言论。JOC（日本奥林匹克组织委员会）原本的目标是女性理事占全体组委会理事的百分之四十，而森氏本人表示“我们组委会差不多有七个女性，这七个人都很懂事”，并扬言如果能做到“懂事”，多增加几个女性理事也无妨。人们为了抗议他的态度和发言，于是使用话题标签来表达不满。

---

1 森喜朗（1937— ），2000—2001 年任日本首相，2014—2021 年任东京奥组委主席，后因发表歧视女性言论引咎辞职。

有一代人的看法是“只管利用那些老头子就好了”

2017年，日本政府针对“森友学园问题”召开的听证会上，出现了“忖度”的说法，这个词成了当年的新造词·流行语第一名。[1]当时就有很多人认为，能从这个词中窥见日本政治的病状，很难信达雅地翻译成别国语言。同样，“懂事”（わきまえる）这个词的英译也不统一，有些译法很暧昧。

如果查一下《新明解国语辞典》，懂事的词义是一个人清晰地知道自己什么事该做，什么事不该做。这个解释好懂多了。照此我妄自推测一下森氏的发言——理事会多加几个女人也可

1　2017年，日本教育法人“森友学园”计划建造一所小学，并邀请日本前首相安倍晋三的妻子安倍昭惠出任名誉校长。森友学园在为建造小学购买国有土地时，以1.34亿日元（当时约合人民币810万元）的低价购入了估值9.56亿日元（当时约合人民币5800万元）的地块，日本财务省也对该交易做了虚假的说明报告。据《朝日新闻》2017年的报道，森友学园理事长否认安倍夫妇授意压低土地价格，但指出财务省应该是“忖度”了官邸意向。“忖度”指日本官僚通过揣测上司的心意向相关人士提供便利的行为。

以，但新来的女人应该心里有数。他口中“懂事的女人”，就是明白自己的职责是当花瓶，让国家面子上好看而已，千万不能表达自己的意见，也不能发起什么直击事件核心的认真讨论；如果能给男人们斟酒，赞美男人，崇拜男人，给足男人面子，让场面变得轻松热闹就更好了。

森是既得利益者，当然喜欢不闹事的“懂事、识眼色的女人”。由此，不仅平时就抗议男女不平等的人表示不满，很多普通男性也批判了森的言论。网上也随之涌现出大量带着标签 # 不懂事的女人 # 的发言，也出现了很多看似漫不经心的反对意见，“森在国际上丢脸，是日本之耻，可以骂一骂，但把事情闹大了也不好”。我一点都不意外，既得利益者太多了，他们不愿意看到“不懂事的女人”层出不穷。

无论是“忖度”，还是“懂事”，都是下面人自作主张的媚上心思，处处为上面着想，意在讨上面的喜欢。在森这种绝对的权势持有者眼中，“忖度”和“懂事”，是“不准做老子不喜欢的事”，语气里带着威胁恫吓，所以我觉得民众抗议他是绝对正确的。在我看来，“不懂事的女人”的话题标签，乍一看像在对抗看眼色的旧价值观，实际上它不仅在对抗森喜朗之流的权势持有者，也是现在的年轻一代在冲击上一代的价值观。比如我这一代觉得，女性运动已经过时了，想与之对抗，于是主动强化了男女性差，当了做援助交际的辣妹。我们看《JJ》和《CanCam》[1]之类的杂志，学习“媚男心经”，自以为是地认为只要把那些老头子玩弄于股掌之上就是最好的。这种事我见得太多了。

1　小学馆出版的女性时尚杂志，读者群体和《JJ》相似。

震怒和批判的往复循环

话说回来，无论是“不懂事的女人”的震怒，还是批判她们的论调，里面都有一种东西让我觉得异常眼熟。早在 20 世纪 20 年代，平塚雷鸟[1]用《青鞜》杂志塑造过“新女性”，20 世纪 70 年代的女性解放（Women's Lib）[2]也有类似主张。这些主张纵然时代背景各异，但正确性尚在，完全没有过时，甚至可以拿来抗议森喜朗的发言。雷鸟所说的“面对深受压制的旧女性的老路，新女性已经不堪忍受，不想再无言顺从了”，堪称“不懂事的女人”的先锋。每个时代的领军女性都会遭遇同时代自以为正确的男性评论家的激烈批判。从 # Metoo # 到 # 不懂事的女人 #，再到最近的女性抗争，一直是这样。顺便

1　平塚雷鸟（1886—1971），思想家、评论家、作家、女性解放运动家。

2　特指 20 世纪 60 年代末至 70 年代初在欧美和日本兴起的女性解放运动。

一提，当年我作为辣妹，也没少挨叔叔阿姨的骂。不用说，辣妹的价值观放到现在已经过时，我也觉得那是自己的黑历史。

即使女性再没完没了地发出不满和抗议，男人也很难改变，所以类似的抗议反复发生，层出不穷。但是如果问，这些运动都持续下去了吗，一直保持着能量和热度吗，也不能回答说是。其间或是发生了战争，或是哪种时尚杂志冒出来出尽了风头，给前一代女性运动泼冷水。障碍不仅仅来自敌对势力，更来自我们自身。一个新运动兴起时，我们总是把前一个运动退潮的原因也抛到了脑后。

良妻贤母思想拉升了女校的升学率?

斋藤美奈子在《摩登女郎论》中解析了上述现象。她的着重点不是“难以改变的男人”，也不是“难以改善的社会”，而是从女性力量和流行入手，讲解了20世纪初到现在的一百年间，女性发生了怎样的变化，如何走到了今日。这本书刊行于2000年底，正是20世纪的末尾刚刚过去之时。当时出版的宣传口号是：“女孩有两条上升之路！不是当老板，就是当老板太太；不是当精英白领，就是当专业主妇。”作者在后记里解释了写作动机：“专业主妇和职业妇女这两种生活方式的分歧点究竟始于何处？”她以这个问题为主轴，用轻快的笔触，从旧时代的“女工”和“女佣”写起，罗列了不同的时代氛围和女性处境，包括前述的《青鞜》，高度经济成长期的“OL”[1]，

1 即日本自造英语词组“office lady”，指在公司就职的女性职员。“OL”的叫法最早见于20世纪60年代，这个时期，走出家庭从事第三产业的女性被称为“职业妇人”，后来又出现了“某某girl”的叫法；20世纪60年代之后又出现了“business girl”的叫法；20世纪60年代，“OL”已是职业女性的主流称呼。2020年以后，职业女性已是主流，不再是办公室里的鲜花。从语感上来说，OL这个词本身带有男性视线。

以及“关于陈美龄的争议”[1]，等等。

作者用独家资料阐述了个人观点，多处与我们熟知的历史观有出入。比如，在现在的价值观里，“良妻贤母”思想[2]完全是一种陈旧的、恶劣的、轻视女性的教育主旨，作者在书中提问：“那么为什么，为什么在良妻贤母论出现之后，女校的入学率显著升高了呢？”旧时代的观念是女孩早晚要嫁人，不用学什么知识，作者认为“良妻贤母思想给女孩和父母提供了高尚的借口，由此女孩可以堂堂正正地上学了”。再比如，如果现在还有谁为战争唱赞歌，一定会被认为是保守的反动派，作者引用了当时的妇女杂志的论调，认为“最容易沉迷战争的

1 陈美龄（1955— ），在日本活动的女性歌手。1987 年，陈美龄生下第一个孩子后，把尚在哺乳期的孩子带到电视节目拍摄现场，引发争议。反对方认为她不该把私事带入工作，支持方认为社会应该更多理解工作的母亲的处境。

2 日本从 19 世纪后半到 20 世纪 40 年代末推行的女子教育基本理念。倡导女性做良妻和贤母，孝顺家长；为国家培养有用人才，远离政治和社会；温顺，隐忍，依靠男性一家之主生活。

不是固守成法的保守旧女性，而是拥有近代价值观的积极活跃的女性”。作者为我们描绘出一幅战争时期的图景：战争为家庭主妇提供了“参与社会”和“实现自我”的机会，用“男人去打仗，女人去做工”的战时政策，营造了女性积极走进社会和妇女解放的幻想假象。

核心问题是性别差距和阶级差距的角力

也许很多女性读者看到这里会想，这不是二十几年前出的书吗？2003 年本书出版文库版时[1]，作者在后记里也提到，从初版和文库版的出版时间差里可以看出时代气氛的变化，“现在压在日本人心头的不是空虚无聊，而是更加清晰的不安”。

---

1 文库本的尺寸约为普通书籍的一半，大多是单行本书籍发行之后再度出版的普及版。装帧简单，价格比单行本低廉。

如今距离文库版出版又过了近二十年，社会流行风潮和女性的抗争内容也发生了很大变化。尽管如此，我还是希望现在的年轻女孩重新读一读这本书。

为什么这么说呢？第一，这本书再方便不过了，读过之后，你可以为当下兴盛的女性话题找到历史定位。比如，你觉得现在的女性歧视太可恶，是大问题，你抗议了，却遭到男性的反击，甚至连女性也批判你。你看过这本书，就会发现当年的《青鞜》和女性解放运动有过同样遭遇，你不仅会瞠目结舌，可能还会觉得扫兴。你会发现有人抓住你的过激言行小题大做，纠缠不放，或者嘲笑你别看说话很凶其实是个可爱小妞儿，这都是些陈腐不堪的批判，鹦鹉学舌而已。看过书后，你也会自省，比如1972年的主妇论争[1]时，女性已经忘记了论题的实质是“上

1　特指20世纪50年代到70年代发生的关于主妇身份定义、职责和劳动评价的社会讨论。1972年开始的讨论被称为第三次主妇论争。

升之路”和“穷人的反攻”。当你看到这里，也许会开始冷静地思考，过去的女性会怎样看待你现在的不满。在社交网络金句横飞的现代，我觉得这样的视角更具意义。

第二，我之所以觉得这本书能拯救现代女性，是因为它触及了问题的核心——当下的性别差距也是阶级差距。当女性的不满被束之高阁，或一场运动因为没有传播到应有的范围而发生动摇时，你往往会发现其背后总是伴随着阶级差距和贫困。女性的不满不仅是性别差距导致的，阶级差距也是原因之一。现在社交网站全民普及，时代风潮有助于女性爆发不满；同时，我们还在经历经济增长的停滞，以及新冠病毒导致的经济危机，阶级差距紧紧扼住了我们，让我们难以呼吸。我认为，只有持续关注现在的不满究竟是性别差异的问题，还是阶级差异的问题，才有可能沿着一个有意义的方向找到解决的手段。所以这本书非但未落伍，而且正反映出了当下，它让我们看到，性别差距和阶级差距经过了什么样的冲突角力，从而造就了今天的我们。

无论如何，细高跟即正义

——鹫田清一《古怪的身体 时尚是什么？》[1]

关于堆堆袜的回忆

我上的小学和中学，是小学、初中、高中连读的私立女子学校。初三暑假结束时，我决定不直升本校高中，要去考另一所高中。而我父母的教育方针是不希望我把青春年华浪费在升学考试上，所以最初特意让我上了这所连读制女校。他们听

1 鹫田清一（1949— ），哲学学者。原书名为「ちぐはぐな身体　ファッションって何？」。

到我的想法后，并不是很乐意，而我没有任何犹豫，下定决心要逃离这所女校，所以时隔很久又开始认真读书了。

那所女校里，有很多我从小学就要好的同学，有我喜欢的老师。那当时我为什么斩钉截铁地离开了呢？现在回想起来也不可思议。理由很单纯，女校的小学部校规非常严格，升到初中和高中后，服装方面的校规会有所缓和。原本我很看重这一点，可是在我入学那一年，倡导自由校风的校长到了退休年龄，辞去了教职。我上到初二时，教导主任也换人了。由此，学校开始严格管控学生衣着，显出了基督教教会女校的本色。学校先禁止了无松紧带的堆堆袜，渐渐连有松紧带但形状宽松的“超级堆堆”也不能穿了，到了最后，不显眼的低调堆堆袜也会惹怒老师（那时我们必须称呼老师为“先公”）。

没有办法，我们只能每天早晨进了校园，脱下堆堆袜，藏进鞋柜，换上当时一种紧贴小腿的土气白短袜“紧绷绷”，放学后再换回来。老师发现很多学生都这么做后，开始早晨站在校园门口检查学生着装，我们转而在巴士上换袜子。老师紧追不舍，每天放学后，老师都会轮班去附近的巴士站巡逻，看哪个同学换穿了堆堆袜，还会抓那些不直接回家、绕道去玩的学生。我们玩累了看不到头的“猫鼠游戏”，越来越多的人放弃了堆堆袜，只在重要的日子里才穿一穿。后来学校增加了禁止染发和烫发的校规，连高中部的女生都很少化妆进校园了。

时尚是对身体意象的补足

现在看来，当时根本无须为了在校园里化妆和穿堆堆袜费尽心机，放学后趁老师不注意，打扮好了再去玩不就行了吗？再说，休息日和寒暑假时，想穿什么就能穿什么。长大以后头发染成茶色还是粉红都没人管，随心所欲的。我现在不属于任何职场，头发就算染成七彩、漂成纯白也不成问题，但我还是觉得黑色本色最舒服，所以根本没有染。我还是初中生时，大人们都说“年轻小姑娘怎么都漂亮，不化妆才好”“等你长大之后，想要多少自由，就有多少自由”，说实话，如果现在哪个初中生咨询我的意见，我可能也会这么说。

但对当时的我来说，头发不能染成浅褐，不能穿堆堆袜，无奈之下只能找代替，等等，都是要死要活级别的，并非不痛不痒的小问题。上初中后，穿着堆堆袜和超短裙走在家附近的车站旁，那种自由感、所向无敌感，使得日常景色在我眼中都亮到耀眼。后来迫于校规，不能穿堆堆袜了，即使在同一个车站，也觉得自己没有战衣护体，脆弱无力、笨拙难看、毫无价值。那种感觉是种难以言喻的心虚不安，就像现在参加派对却忘了涂口红，约会时忘了喷香水，在当众发言时没戴耳环。但那时的不安更加强烈，更加沉重苦涩，冲击了最根本的自信。

如果我有不可撼动的自信，也许就不会有这些情绪了。确实，我记得上初中时，曾和同样憧憬辣妹做派的好朋友聊天，说到同班一个脸蛋最漂亮、身材超级好、气质清秀的女生，“我们要是像她那么可爱，穿紧绷绷也没关系哇”。大明星和超级模特私下常穿非常随意的衣服，这没什么可奇怪的。而当时的我们，其实没有深层的自卑，反而有种刚刚够格的自信，微微得意自己还可以。尽管如此，没穿堆堆袜时，我们也会手足无措，内心莫名缺失，甚至觉得自身存在都发生了动摇。哪怕现在我长大成熟了，也描述不清这种难受的感觉。如今想来，青春期的女孩拥有一个尚未定型的身体，时尚是一种想象中对身体的弥补，是女孩自我形成过程中的助力工具。

服装选择的意义

我在英国那边的小学上到高年级时，不愿再穿父母为我选择的衣服了。那时大人们希望我听话，做一个日本式的大家闺秀。而我喜欢少女双人组合香波乐队（Shampoo），英国小孩喜欢的电视剧中的少女角色的衣着打扮对我影响也很大，我开始穿露大腿和肚脐的衣服。小学六年级返回日本镰仓后，我的穿衣打扮更加对抗大人的意愿了。鹫田清一的《古怪的身体》就是这时出版的，是当时筑摩书房丛书“首要之书”（Prima Books）中的一本。

整本书的前提是，我们再熟悉不过的自己的身体，实际上是一种“遥远得超乎想象、与心有隔阂”的东西，自己感知到的身体永远只是部分而已。“身体只能是我们的一种想象，即一种像（image）。”我开始看这本书时正在上初中，因为堆堆袜被禁止，我心里充满了动摇不安。

作者鹫田是一名哲学学者，这本书是以他在想象中与一对高中生情侣对话的形式写成的，可见多么平易好读。书里讲解了服装的存在意义，何为时尚，衣装下的身体意味着什么，等等。现在此书的文库版重新出版，我看后吃了一惊。文库版2005年出版，截至2021年4月，已加印二十次。可见无数人对这个话题感兴趣，想知道选择服装的意义在哪里，时尚对个人来说意味着什么。

确实，我活到现在，无论在哪个年龄段，周围女孩都会把收入的相当一部分花在服装和化妆品上。无论是一年不翻一页书的女孩，还是与之相反的能熟读德语社科书籍的女生，全都看过时尚杂志，我还没遇到过没看过的人。我们看自己年轻时的照片，会感到脸红，并不是以不成熟的身体和面容为耻，大多是为当时的穿衣风格或喜欢的妆容和发型而害臊。即使脸红，也依旧想不明白当时为什么喜欢那种衣服，为什么最近找不到合心的衣服。比如我自己，当年只是区区袜子受限，就不顾一切地参加了麻烦的升学考试；只因为穿着“紧绷绷”，站在横滨车站前时，几乎就要虚弱不安地瘫倒。为什么会这样？那时的我还不懂。

制服将人的“存在”还原为“属性”

这本书里我最喜欢的地方是作者的分类法。他把服装分成两种性格，即“和制度上床的服装”和“侵犯制度的服装”。服装是个人社会属性的构成装置。同时，有些衣服故意让人穿得不合体，看上去不正经，或很随意邋遢。作者解说了其中的关系：“通常来说，所谓服装就是在个人形象的基础上对社会规范（生活方式、性别性格、道德基准）的缝合。穿那些让我们不舒服的衣服的时候，我们用自己的方式去做搭配，用身体自行确认穿到哪种程度会引人注目，哪种程度将招致社会的抨击。”

对身为初中生的我来说，堆堆袜比交友关系更至关重要。同理，后来我上了高中和大学，当了公司职员，依旧用衣着对社会做着小小的反抗。我升入都心（东京都中央地带）的高中，那里校风开放自由，堆堆袜和浅褐染发不再是犯规，于是我故意弄坏指定的校服，用拉夫劳伦的毛衣搭配其他男校的书包。在现在的我看来，当年的校服其实非常可爱，无可挑剔。有人会说，你这么想胡乱搭配，最开始考一所不穿制服的高中不就好了嘛。事情并不如想象中的这么简单，有些上了东京都立高中的学生，没有制服，平时上学穿自己的衣服，反而会过来央求我，想穿我校的制服。我们自己也一样，只有去喝酒或去俱乐部玩时才换私服，平时放学后，总是故意将校服穿得歪扭不整，得意扬扬地在大街上阔步，这一点是很重要的。就像作者说的，那时的我们尚未确定自我，制服不可或缺，它是我们“等身大”的外现，弥补了我们身体意象上的不足。我不满意这种“等身大”，需要用一眼可见的形式表现出自己的抵抗，让外界感知到。这一点很重要。

“制服将一个人的‘存在’还原为‘属性’。”正如这句话所说，服装赋予我们属性，有时很贴心地为我们下定义，是我们的内心防御，让我们不用袒露真我。如果一个人的属性便是他自尊心的源泉，那么在这一点上，制服可以发挥出最大限度的效果，将一个人的自尊自信打造得牢固无比。我有一个空乘朋友，非常热爱其制服，由衷为自己的制服感到强烈自豪。同样，高中女生一边将制服穿得歪扭不搭，一边不愿脱下，也因为制服是一个强烈惹眼的标签，首先描画并标注出了她的轮廓。我这么说，也许有人觉得这种态度是种小聪明，缺乏理性，显得对物依赖，既是不自信的体现，也矮化了人的存在。但我们无法否认，制服充满了刺激，让人昂扬兴奋。在我看来，每个人都有过不怕被贴标签的时刻，或者只有依赖标签才能勉强站起来的时刻，这种状态听上去没出息，却是人之常情。

“为自己”扮美 / “他人”的视线

我在横滨的大夜总会里坐过台，有段时间店里定了规矩，只有营业额前三名的小姐才可以穿黑礼服裙。这是因为黑裙子能遮掩大家心虚的身材细节，穿上显瘦，人人都喜欢，但如果不加控制的话，全场就都是黑裙小姐，店里的气氛不够华丽热闹，所以店里把穿黑裙设定成给前三名的特别奖赏。有段时间我很卖座，第一次获得了穿黑裙的权利。就算我那会儿减肥力度不够，身材走样，除毛不彻底，脸上浮粉，发型马虎，只要穿上黑裙，就能自信满满地在店内巡游。可见，服装成为标签时，是一种多么强大的助力工具，给人增添底气。

与此同时，“和制度上床的服装”赋予人刻板印象，把“等身大”强加于人，不断与个人的自我认知发生龃龉，让人觉得压抑不自由。近年来，人们倡导意识解放，女性卸下“女人味儿”，男性不受“必须阳刚”的束缚，很多职场废除了女性专用工作制服，出现了挣脱标签式的着装倾向。长期被视为客体的女性不愿再忍气吞声了，她们不仅放弃了刻板印象式的衣着，连过度扮美都被视为土气，越来越多的人喜欢随意的衣着，讲究起了“回归自我”。长期以来，女性扮美被视为媚男，仿佛出于反动力，“为自己扮美”成了近年来时尚杂志的关键词。那些显示女性身份、迎合男性性癖、彰显性魅力的衣装打扮越来越容易招致反感。这些变化都名正言顺，是对旧束缚的反抗。但同时，反抗本身又被框定住了，有了规则，我觉得这样反而夺走了自由。

每个人都有选择衣装的自由，谁都可以凭借衣装获得满足，扮美最终是为了迎合自己，这是没有错的。但就如书中所说，事实是“我们第一次为自己挑选衣服，是因为我们开始在意他人的视线，在想象自己在他人眼中是什么形象”。正因为如此，时尚可以当作抵抗，可以当作自我表现，没有必要在意他人怎么看，也无须去迎合，甚至可以逆反他人的视线，去挑衅，或彻底无视。作者认为时尚的原理是“最大限度地维持个人的表面张力”，在我的理解中，这句话的意思是，我们在不断地利用标签，挣脱标签，在循环往复中寻找着不存在的平衡。

时尚带来的东西

书里以川久保玲的极端长袖的外套，还有作者本人穿的山本耀司的同样袖子很长的西装为例，还介绍了一些被称为前卫设计师的作品。作者称之为“与未雨绸缪的现实态度截然相悖的衣服”=“不做准备的衣服”，具体研究了设计师们挑战性的作风，也分析了文身、减肥症候群、洁癖症等现象与时尚的关系。时尚是流动的，始终在变化，我们在人生路上的不同坐标对自身着装的态度也有着影响。由此可见，我们的身体和精神的“像”永无定式。昨天还觉得很舒服的衣服，今天会觉得老气无聊。这不是口味善变，也不是浪费，也许只是从不同的角度看到了无法定义的自己。我们有时变得极端，病态般地减肥，过度洗发，有人患上购物依赖症，有人过度消费以致无法支付信用卡，我自己则是常年腰痛，堪称患了高跟鞋病。

尽管如此，时尚带给我们的兴奋和快乐还是不可或缺的。时尚让我们看清自己，帮助我们战胜苦恼纠结，带领我们在社会和日常生活的憋屈无聊中寻找活着的乐趣。在我相信自己用高跟鞋垫起的身高和假甲片接出的指甲长度早晚有一天会变成自己真实尺寸的年龄，在我故意穿松松垮垮的邋遢衣服去夜总会再换上黑色礼服裙的时候，在我用华丽性感的内衣搭配简洁低调的衣服参加派对的夜晚，时尚都助我一臂之力，让情绪不安定、外表不起眼的我，变成了一个能当场寻找乐趣的人。“从这个角度看，没有什么原本就‘等身大’的衣着。衣着从最开始就带着不良和挑衅的一面，时尚没有尺寸，不合适的永远都是人自身：人不是在踮起脚尖太过努力，就是萎缩了自己的身体去适应。”

第六章

在荒唐无稽的夜晚　死里逃生

不能因为伤心而死啊

无论发生了什么

无论发生了什么

你要拖曳着那沉重的山车

绝不可辜负太阳

——天泽退二朗《鬼语》[1]

1　天泽退二朗（1936—2023），诗人、翻译家。

无敌之心和冷漠见解

——桥本治《桃尻女》[1]

我上高中时

我在高中时代穿着超短裙和堆堆袜，让大腿裸露在北风里，阔步穿行在涩谷大街上，那时我讨厌很多事。学校里有个顽固的老爷爷教师坚决不允许染发的学生出现在他的课堂。如果当天有他的课，我必须带一瓶黑发喷雾，用来掩盖我浅褐色

1 桥本治（1948—2019），作家、评论家。原书名为「桃尻娘」。

的染发。这种喷雾虽然易上色，但和定型发胶一样，喷多了头发黏糊糊的，又涩又硬。放学后我得一直顶着这头黑发，土气不说，还非常不舒服。如果当天放学后有重要的活动，我只能在学校卫生间的水龙头下洗头发，很花时间，又特别冷，还得带上吹风机或烫发板，个人储物柜被塞得满满的。总而言之就是麻烦。

我家在镰仓，高中在东京都内，相隔非常远，勉勉强强能每天走读，再远点儿就超过极限了。从 JR[1] 车站到我家需要步行半小时，回家巴士的末班车，要比最后一班电车早两个小时，如果我玩疯了回来得晚，就只能坐出租车，实在很费钱。我父母嘴上没有明确要求我晚上几点必须回家，实际上只要我晚了一点儿，他们就会问东问西，神情微妙。我还讨厌镰仓的

1　此处指东日本旅客铁道公司（JR East）。

寒冷暗夜。我家太偏僻，回到家后如果朋友打电话找我出去玩，出门就很不容易。家附近连便利店也没有，手机信号不稳定，有的电信公司的信号特别弱。广播节目除了横滨 FM 之外收不到其他电台，总之我烦透了这种乡下感。

按说高中校规不严，可不知为什么，每周都要在小礼拜堂举行一次晨礼，必须穿校服，系学校指定的领结。同样不知为什么，文科类学生也必须上物理课。烦透了。我讨厌电车痴汉甚至把手伸进正来月经的我的内裤里，恶心至极；讨厌气鼓鼓地指责别人聊天声太吵的老头子；讨厌电车上不许使用手机的规则。还有东京的高物价，昂贵的交通费，只要我穿着高中校服就不许我买烟的商店，不许我进的炮房酒店，统统都烦透了。我一边厌恶这一切，一边不得不依存于这个世界，我厌恶这样软弱的自己。比起这些，我对大人们的话语深恶痛绝，他们妄图用他们的语言解说我们的内心愤懑。

强加在女孩身上的不相符的价格

说到20世纪90年代后期，针对女高中生，大人们写了无数本书，电视八卦节目总是一副批评教育的口吻，报纸反倒有时会拥护。不知何时起，我们被塑造成时代的代言人，被自己不懂的语言理论武装起来了。这种感觉相当别扭。我的言行并非在实践什么主张，我们只是坐在涩谷街上而已，到了评论家和社会学者嘴里，就背负上了深刻的意义。大人们的说教当然很烦，他们庇护、擅自分析我们内心的行为也同样烦人。还用说吗？我生在这个时代，这个世界就是我的一切，其他的我不懂，中年男把我们说成是具有社会意义的革命性的辣妹，烦不烦啊。

我们虽然厌烦这一切，但也知道自己其实是不值一提的存在，尚未拥有语言。我们冲着中年男的分析翻白眼，但依旧，我们在中年男为高中女生准备的时装店大楼里购物，跟随他们制作的音乐跳舞，上他们的课，从他们那里骗些小钱去玩，所以我们也很滑稽。我们藐视一切，认为无人可以理解我们，只有自己最懂自己，同时也察觉到这不过是某种色厉内荏而已，毕竟这个时代并不纯情。青春年华是期间限定，转瞬即失。我们都明白的。明白“不想当无聊的大人”这种中二套话已经过时了，明白自己终将变成无聊的大人，但还是遮掩住尴尬，想强撑一下，所以放慢脚步尽享青春。所谓青春，无论在哪个时代，都是这么一回事吧。

无论我十七岁、十九岁还是三十岁，我都是我，几个年龄在同一条地脉之上接续，这当然是顺理成章的。但同时，我也一直觉得身为女孩的这段时间非常特殊，是独立于整个人生，与人生割裂的。我说的不是自己的身体分泌出的成分，而是外部附加给我们的意义。大人们太想给我们的青春强加意义了，比如那些试图从辣妹身上寻找时代精神的评论家。就算不说他们，我们在日常现实里也背负了太多意义。首先，我们的肉体被定价，被贴上了无论怎么想也不可能相符、毫无道理的价签。此外，还不断有阿姨过来对着我们感慨“年轻真好”，父母也训诫我们不要浪费青春。我们穿着原本“为学而生”的学生制服，却被赋予了不道德的价值。我们一边认为贴在身上的价签太荒唐，同时也不得不依靠这种价值，去寻找和确保自己的落脚之处。年轻女人、女孩身上，真的有这样的一面。

尽享年轻——背后的滑稽与不安

那真是一段青春的时光，我觉得万事万物都恶心、都讨厌，我有藐视世界的气概，也为此觉得灰心和空虚，那时我很爱看桥本治的《桃尻女》，认为这是唯一一本写给我们的书。其实看一下作者背景就知道，书里的语言不是高中女生说的话。作者桥本治不是辣妹，书里的时代和思想主张也与我们不同，可这本书太雄辩了，几乎是女孩的代言之书，说尽了女孩的感受，即在很舒服的状态下，又隐约觉得这不是真实的自己。

本书有个著名的开头："小声说啊，我最近觉得酒特好喝。别说出去啊，说出去我就倒霉了。"主人公是一个名叫榊原玲奈的高中女孩。她幻想报纸登出了她自杀的新闻，"我为什么自杀呢？报纸会说，因为'青春期特有的敏感多虑''内心脆弱易伤'，再加一句就是'少女内心感性丰富，无人能解'。呜呜呜！感性噢！这词用的！我简直要哭了。我的感性被小看了，气死"。她这么说，可见她感受到了自己身上被附加的意义。

"我才不想那样呢，和别人凑堆儿在车站前的咖啡座里抽烟，抱着女高中生的'招牌'——丁包儿[1]，卖淫就像从包里

1 日本20世纪80年代流行过的一种非常扁平的学生书包，实际上装不进多少教科书，并不实用，后成为不良少年的标志。

拿东西一样简单。也太没个性了，我受不了。”

“我觉得吧，我们不可以做这种幼稚的事，太容易被看穿了。不要闹事。别人当然希望你闹事了，他们把你当成‘考学至上’社会的症结，在旁边看热闹。”主人公有时会对社会“竖中指”，不满意社会强加在年轻女孩身上的陈腐价值。

“我们还是高中生啊，有闹情绪的自由，有耍小性子的权利。”有时，主人公也假装大度，把麻烦事搁置到一边，不想多碰。

尽享青春就是这么回事。一边拥有着蓬勃生命力，有着不招人厌的达观态度，旁若无人，自觉天下无敌，一边心里充满了绝望，认为自己无论如何也没有改变世界的能力。还用说吗？高中女生再牛气，连手机合同都不能自己签，无力得要死，哪里有什么巨大的价值能站在世人头顶之上呢？想一想就知道多么滑稽。问题是现在的女孩已经变得非常聪明，可以意识到其中的巨大矛盾了。她们一边假装天下无敌，从中获得快乐，一边也在背后吐槽“你明明知道自己不那么聪明”。

如今想来，青春的这种双重状态耀眼而恍惚，旁观的外人看到的是天真清纯，身在其中之人看到的却是滑稽。因为感到滑稽，所以内心充满不安，害怕这个世界没有自己的位置。

需要有文章替我们说出“一切都是不存在的”

很多事情都让我觉得，现在的女孩能将自己的不安说出口了，比那时的我们厉害，我们年轻时需要用浓妆武装自己。能说出口固然很好，可她们的语言还很笨拙，角度和看法也不成熟，表达是受限的。所以我觉得，高中女生还是需要先使用别人的语言。《桃尻女》的女主角在来月经之前说：“我本来就知道来月经会这样啊，正因为知道，所以不能原谅。可总有人当着你的面故意彰显‘我也一样噢’，所以我们总是不理这种女孩，不带她一起玩儿。”

无须回想起又黏又硬的黑发喷雾，我也可以说，所有人在年轻时，都会觉得被强加于身的价值黏糊糊的，不舒服，想早点儿变成大人。“青春”这个词本身就蕴含着少许抵触和反叛社会的意味。我们年轻时，身体极其健康，眼前的世界充满了新鲜魅力，明明干什么都会很开心，但如果被贴上“青春就是快乐”的标签，反而不得不对此做出抵抗，不得不冷笑，对大人流露出“你们这些人什么都不懂”的傲慢态度。这些态度的具体表现，就是女高中生的卖淫和拟似卖淫、滥交、对人生冷漠、骑摩托车超速暴走、穿夸张的内衣，等等。哪怕我们心里清楚地知道，这些青春的代名词并不长久，终将消散。我们无论正做着什么快乐的事，心里总有一处是冷静而清醒的，知道须在得意时尽欢，因为过了这个时期，就没这种心境了。这种清醒好像在给快乐浇冷水，说起来也很没意思。

话说回来，所谓成年人，是从青春战场死里逃生的人，各有各的逃生手段。有人愤世嫉俗，有人聪明地装傻，有人彻底扮成傻子。无论用了哪种手段，他们都会取笑尚在战场上的年轻人——“年轻多好啊”“年少即无知”“青春太可怕了”“年轻人爱干傻事”。但是，年轻人并不是喜欢年轻才年轻的，年轻女孩也不是出于喜欢，才“年轻”、才“女孩”的。过分颂扬或过分贬低都很讨厌，所以我们才拼命想证明自己的存在没有意义。

书中的女主角榊原玲奈说：“高三女生这词儿听上去光鲜，实际内容不过就是个十七岁的日本丫头，真没什么可自豪的。还用我说吗？”而那时的我想走出青春，需要这样一篇文章为我代言，既要饶舌地说尽年轻气盛，又要干脆地说出一切不过如此。

人们都说，年轻和九十年代
空空荡荡，什么也没留下

——米切尔·恩德《毛毛》[1]

何为经验

我经常在想，当有人说你经验丰富时，这个“经验”指的是什么。

性体验经常被简称为“经验”。比如山口百惠在《一夏的

1 米切尔·恩德（Michael Ende，1929—1995），德国儿童文学作家。代表作《毛毛》《永远讲不完的故事》等。相关引文据李士勋译本，二十一世纪出版社 2006 年版。

经验》[1]里唱过“女孩最宝贵的东西，守护到现在，是为了献给最爱的人”；比如有人说到“经验人数”，我们能马上意会这指的是什么；还有学校里年龄相近的少年少女，把非处女和非童贞称为“经验完毕”。我觉得，所谓的经验丰富，是在性上有丰富体验。进一步讲，就是经历了很多次性交涉；再进一步讲，这种人不是和固定的性对象积累了长时间的、感受丰富的性事，而是和不特定的复数对象完成了多次性交。

大家都这么使用，以至于让“经验”这个词带上了轻浮感和身体性，像在暗示什么。一个人说自己没有经验，就不仅是谦虚，还能听出暗喻的意味，显得有点儿可爱。

很多人和我第一次见面时，不仅自谦“没有经验”，还把我归类为“经验丰富的人”。我不知道这话里包含了多少性意

1　发表于 1974 年。

味。究其原因，也许是我的职业经历包含着性意味。不过也有很多读者在来信里写“我没有铃木小姐那样的经验”“我的大学时代普普通通，没什么特别值得一提的经验”。我认为她们这么说是出于尊敬和客气，只是被奉承为“经验丰富”的我，心情有些微妙，尤其是听到同龄人这么说时，我会尽量回答：“哪里哪里，我和你一样，有三十八年活着的经验。”

对我来说，所谓经验，只是时间。这出自我经验性的直觉。有些事，人们通常不会用“经验丰富”去描述，比如长期去国会图书馆查阅资料，或与爱人进行难以置信的长时间对话和性交，或为写博士论文而理论性地苦恼。反过来，有些事很容易被说成“经验丰富”。比如去俱乐部狂欢，与多重国籍人士上床，与多个名人有肉体关系，去柬埔寨、印度和摩洛哥之类的地方进行“寻找自我之旅”。我学生时代的大部分时间没有用在学习和做研究上，没有和学校社团的前辈谈恋爱，而是在六本木的俱乐部、歌舞伎町的大街和非常肮脏的福富町杂居楼做了无数只有在那里才能做的事。当然也有一段时间，我天天泡在图书馆里检索学术资料。但我知道别人说我“经验丰富”，指的不是我正常的学生生活、阅读和研究，而是我乌烟瘴气的青春。

我有过一个杯子，可以容忍它是空的

但是，如果拿我和同一个研究小组的同学相比，我没什么经验能配得上“丰富”这个词。同学阅读和分析学术资料的时候，我正在肮脏的杂居楼里和深谙合法药物的渣男胡混；同学花费两个月时间为硕士论文写脚注时，我正在嗜虐癖成人片的摄影棚里被高高吊起，冷水淋身，之后顶着尚未干透的头发，与有家室的某运动员约会见面。我哪里谈得上“经验丰富”。

当人们使用“以你丰富的经验来看”这个短语时，很多人指的是我的那种“经验”，可我却觉得同学那种才算真正结出成果的经验。人们眼中，我的经验其实空空荡荡，甚至堪称“清爽”。也正因为这样，我觉得“经验”这个词有种浅薄的味道。

话虽如此，只有把有限的青春时光都放在学术研究报告上才是好的吗？不去国外的俱乐部探险而专心致志地在日比谷图书馆读遍每一本藏书才是好的吗？我不这么想。反过来，进行异文化间的性交流不意味着好，拍摄更加细分性癖的成人影片也不意味着好。我只是认为，空空荡荡的时间，也有珍贵的意味。我的青春是优质的青春，很多空空荡荡的时间碎片散落充盈在那里。虽然我随意地和很多人上过床，最多也只是见识了世界上各种形状不同的生殖器而已。如果不是为了喝酒，有些危险的俱乐部我绝对不会去，去了也没有任何意义，连记忆都一起丢失了。不过，如果我满心焦虑，只想做有意义的事，那种地方就去不成了。这么想来，我觉得自己很幸运，因为我有过一个杯子，我能容忍它是空的。

我在很小的时候就从《毛毛》里学到了这种时间感。更准确地说，小时候我对书中描写的“时间”只有一个简单的印象。后来上了高中，带着一种预感再次阅读了《毛毛》。从某种意义上说，我过度掌握了这种时间感，用在了一个不太正确的方向上。所谓预感，就是我那时已经预想到，我从十几岁和二十几岁的狂风巨浪中逃生时将会发现，书中所写的东西与我非常契合，会成为我的精神向导。“似乎没有人意识到，对时间的吝啬，其实是对其他事情的吝啬。”充满节奏感的这一句，始终铭刻在我的记忆里。

“灰先生”的低语

《毛毛》的作者，是德国作家米切尔 · 恩德，他的另一本代表作《永远讲不完的故事》出版十年后，我出生了。

这本《毛毛》至今也很受欢迎，在日本人气尤其高，读者里既有小孩，也有大人。也许有人上小学时已经读过很多遍。成年后再读，又能读出一种儿时无法体会的切肤之痛。这是因为，成年人会赫然发现，毛毛世界里的坏人——强迫人们节约时间的“灰先生”，也在现实中自己的内心里埋下了病灶。

毛毛是一个脱离社会系统的流浪儿，自由而野性，不知从何时起，住进了大都市郊外圆形剧场废墟下的一间小屋，靠周围人家送来的食物生活，睡在邻人送给她的旧床上，用邻人给她做的桌子，穿又肥又大的上衣，赤着脚。她有种特殊的倾听才能，人们都很乐意去圆形剧场找她。人们对毛毛倾诉时，会发现自己的人生并不那么糟糕，原本非常讨厌的人也变得可以原谅了。小孩也喜欢和毛毛一起玩，即使是小游戏，也能开心得像在进行一场大冒险。有两个人原本被邻居漠视，觉得自己无处可去，但他们只要和毛毛在一起，就能放松地做回自己，所以成了毛毛的好朋友。

就这样，这座城市因为有毛毛在，每个人都感到活着没那么坏。然而，“灰先生”的出现改变了这一切。非人类的“灰先生”自称来自“时间储蓄银行”，他们悄悄接近市民，用具体数据力证人们浪费了大量时间，催促市民合理使用时间。理发师弗西先生会和每位客人聊半小时家常，每天坐在母亲身边说会儿话，去看望腿脚不好的小姐，照顾一只鹦鹉。“灰先生”却告诉他：“您应该更快地工作，放弃一切不必要做的事情。给每个顾客理发只用十五分钟，而不是半小时，避免进行浪费时间的闲谈。把陪母亲的时间从一小时缩短为半小时，最好干脆把她送进又好又便宜的养老院，那儿会有人照顾她。这样一来，您每天可以省下整整一个小时的时间。也不要再养那只没用的虎皮鹦鹉了。如果您必须去拜访达丽小姐，就把每周一次改为两周一次。把每天十五分钟的反省也取消吧，更不要再经常把宝贵的时间浪费在什么唱歌、读书上面，也不要和您的那些所谓的朋友闲扯了。此外，我顺便给您提个建议，您在店里挂一个又大又准的钟，这样您就能准确地监督您的学徒工作了。”这样一来，节省下的时间存进时间银行，有了时间储蓄，就能摇身一变成为进步的现代人。

“灰先生”出现之前，弗西先生很享受自己的生活和工作，觉得一切并不太坏，虽然有时因为虫子而头痛，也想过能不能拥有更体面的生活。“干这种工作，哪有时间去过那种生活？要过那种真正的生活，首先得有闲工夫才行，必须是自由自在的，而我这辈子算是交给剪刀声、毫无意义的唠叨声，以及没完没了的肥皂泡了。”“灰先生”正是在此刻乘虚而入的，他们单调的声音在弗西先生耳边响起：“如果您有时间过一种真正的生活，正如您希望的那样，那您就会完全变成另外一个人。

您现在需要的一切就是时间。我说得对吗？您在非常不负责任地浪费自己的时间。”就这样，这座大都市的人们都被“灰先生”的甜言蜜语诱惑了，等察觉时，才发现自己已经变成了储蓄时间的厉鬼。

一颗心是用来感受时间的

在我们的现实世界里，“灰先生”的主张显得非常诡异。节省下来的时间不可能储蓄，以后也不可能取出派用场，让自己“变身”。无论节不节约时间，每天都是二十四小时，一周七天，顶多能在做饭时节约十五分钟，把省下来的这几分钟用在边吃边慢慢聊天上，或者把学习的时间省下来，用在夜总会的同伴上。《毛毛》的读者都喜欢住在都市边缘的流浪儿毛毛，自然无法饶恕“灰先生”的所作所为。读者们看到曾经轻松愉快的市民们如今变得黯然失色，压抑而悲惨，会为这些变化而感到愤怒和深深的悲哀，不明白市民们为什么要接受不可靠的建议，特意把自己的愉快生活改得如此无聊。

但是，如果读者们再深入挖掘，就会发现市民们的变化，都是我们自己熟悉的东西。居民们不再慢悠悠地聊天，只例行公事地高效完成工作，把父母丢进养老院，在轻食餐厅里用快餐填饱肚子。电视和广播每天强调节省时间的新型文明利器的优点，所有商业广告都在宣扬“节省时间吧，你的生活会变得更美好”。城市变成了无眠“不夜城”，职场里贴着“时间就是金钱”的标语。从前，人们即使吵架，即使灰心失望，也能花时间慢慢恢复，现在都成了怒火难熄、内心永无宁日的人。不用说，再也没有人去找毛毛说话了。慢慢地，从前不听话的小孩子们，来露天剧场废墟玩的小孩子们，都进了“灰先生”管理的机构，现在已在他们辖下了。

在《毛毛》里，效率主义和删除浪费的做法，都被当作反面角色的行为，我在即将成人之前再读《毛毛》，看到这些不禁联想到自身，确实觉得年轻时度过了太多毫无意义的时间。那时我空闲得无所适从，用大量自由时间赚了大量毫无意义的钱，转瞬之间挥霍一空，第二天再去赚。我现在觉得，这些事本来可以不做的。

《毛毛》写了一个讽刺性的故事——一切以效率为上，过度排除所谓的“无意义”和“多余”之后，人们的生活将变成什么样。这本书并没有倡导人们一定要吸着大麻百无聊赖地生活直至死去，也没有宣扬放弃工作效率的极端思想，而是在诘问对于我们来说，时间的价值究竟在哪里。

我自己在繁忙的日常生活中，经常留意时间，却从未思考过时间究竟意味着什么。“时间就是活着本身，我们活着，心灵才有家可归。”“一颗心是为了感受时间的。凡是心灵感觉不到的时间，就是已经失去了。”儿童文学作家写下的这些话令我深思。

在书中，侯拉师傅是守护“时间发源地”的“师”，分配给每个人独特的时间，引导唯一能对抗“灰先生”的毛毛去拯救世界。他给毛毛猜的几道谜题中，有几个暗示让我这个成年人都为之一惊。“如果人们认识到什么是死亡，那他们就再也不会对死感到恐惧了；如果他们不再有恐惧，那就再也没人能偷走他们的时间了。”“我在分给他们时间的时候，就不断地告诉他们这一点，可是他们根本不听我的，相反，却宁愿听那些让他们感到恐惧的人说的话。”

拯救世界是一场孤独、绝望而艰难的战斗

思考时间的意义，意味着思考人的终结，即死亡。“为了

以后不后悔”“这种事太没效率了”“时间过得非常充实”“做有意义的事”之类我们稍微刷两下手机就能看到的句子，有时听起来异常打动人心。因为这些话说的是缩短时间、提高效率，似乎只要这么做了，我们就能延缓死亡。这些话激发了我们对时间的恐惧和焦虑，有毒品般的成瘾性，随时令我们心有所感：喝醉后和一个不喜欢的男人做了一场没意思的爱，迎来空虚无力的清晨时，我心有所感；想着如果再玩一万日元，说不定就能赢场大的，一直耗到弹子房关门，走在回家路上时，我也心有所感。

我的青春不是“无悔”，而是充满了后悔，如果能美化这些后悔的事，把它们看作人生经历的正面部分，相信是它们造就了我的现在，倒也好了，可惜我做不到。我是“下等人”，面对浪费了的青春，我不是没想过去找回来。然而，所谓生活，也包含了我犯傻的时间。正因为生活里有这些时间，我才能在死之前慢慢活着。对于“上等人”[1]这个词，我有轻微的敬意，也感到轻微的窒息。我觉得，人们口中的“上等”，是一种尽量排除做无用功、不浪费时间的状态。对此我无意否定，只觉得如果我们把这种状态定义为“上等”，并用来自我监督，把全部时间都用在有意义的事情上，那么我们必定同时会产生自我厌恶，感到窒息，活得不舒畅。

所以，毛毛与侯拉师傅谈论过时间的真谛之后，用智慧战胜了“灰先生”，拯救了城市，让读者的我悟到了时间真正的意义。她解放了被偷走的时间，大都市的居民们又可以悠闲地、充满感情地工作了，小孩子再次回到大街上玩耍。这个过程并不顺利，她想把从侯拉师傅那里学到的东西都告诉市民们，可是尚未拿回时间的人们，包括毛毛的好朋友，也都忙得脚不

1 即“意識高い系”，日本网络流行词，带贬义。一种对各方面看上去相对优秀、生活态度表现得相对积极的人的偏见，认为他们“只不过是喜欢表现得高人一等罢了”。

沾地，根本没有时间听她说话。他们要拼命完成眼下的工作，想获得成功，被人尊敬。市民们眼中只有这些，与毛毛说话的时间成了毫无意义的浪费。这些当然都是“灰先生”设下的巧妙圈套，为的是不让毛毛接近市民们。“灰先生”预言，如果无人理睬毛毛，她会因为孤独而心生绝望。

光想想也知道，抵制世界的价值观潮流、质疑现存的善恶是非标准、对现在被认定的“正确”心存疑问等，实际做起来会多么孤独、绝望、痛苦，步履维艰。所以我们不由自主地顺从主流风向，放弃叛逆。毛毛没有放弃，她知道如果自己因为孤独而绝望，任凭主流的善恶观占据上风，这座都市就会充满怒火难熄、内心永无宁日的人。

善恶的标准是流动的，永远会因为某个契机发生变化。如果我们只是说着“当下时代就是这样子啊”“这种事情现在已经不被允许了”，生怕陷入孤立而一味顺从，绝不怀疑，那么这种态度，比我们想象得还要罪恶深重。

在半腐烂的世界里，我们当不了娜乌西卡

——宫崎骏《风之谷》

我的工作助理离开色情影片行业，去了澳大利亚

我做 AV 女优时，前后有过三个工作助理。我曾经所属的公司有个严厉的社长，他定下规则，女优去影片公司面试或拍片，需要脱衣裸体时，助理必须离开现场，绝对不可以看女优的裸体。我干这行的时候，还不以为然，反正我脱光后拍出来的片子今后要摆在全国的书店和租片店里，暴露在不特定多数人的眼前，助理有什么可回避的。现在想起来，确实，正因为

女优的裸体暴露在无数人眼下，谁都可以不花钱就看到，所以事务所必须设下规矩，让女优感觉到她的裸体并不是无价值的。

第一个助理多次犯规，被社长知道后，只能以近乎被开除的形式主动辞职了。

第二个助理没有显露任何前兆，忽然消失不见了。

第三个助理是个资深经纪人，在色情业界的资历比前两人都深，曾在其他事务所给著名 AV 女优当过助理。我那时的热度已经在走下坡路，签不到制片公司的专属合同，开始做企画单体[1]。我想着等上了研究生，就离开这一行洗手不干。我和助理每个月只在拍片现场见几面，关系却很不错。有时他打来电话，为毫不相干的其他事咨询我的意见。我们对各自恋人

---

1 作为企画单体的女演员，没有固定签约制片公司，虽然她们的知名度也能促进销量，但报酬逊于专属单体；专属单体即和固定的色情影片制作公司签约的女演员，她们和签约公司绑定，知名度高，单片报酬高。

一起发过牢骚。就是这样一个人，在我离开业界时，他说想去澳大利亚种树。我以为他只是想换公司，为了不伤双方的面子，拿种树当借口，没想到他真的离开了色情影片行业，去了澳大利亚。

生活在高速运转的繁忙都市里，不仅色情影片业的人，只要是疲于工作的人，都会有类似想法吧——我想移居到热带小岛，我想离开城市喧嚣，去乡下生活。

日常生活无限循环，看不到出口，沦陷其中的都市人自然想逃离，想把没完没了的猥杂工作抛到一边，彻底忘记所有不顺利和烦恼，重启人生。有这种想法一点儿都不奇怪。大多数人只是嘴上说说，不会付诸实践。也有很多人暂时与夜世界彻底隔离，用极端方式实现理想。这种做法很时髦，我的助理也是一个赶上了时髦的人。也许，沦陷在极端环境中的人，每日所见都是脏人脏事，难免憧憬看似极端清净的地方。

我很长一段时间都没有他的消息。直至近十年间，偶然与共同的熟人聊天，顺口问到助理的情况，才知道他在澳大利亚待了一年之后，元气满满地返回业界，进入另一家大事务所当了董事。我和助理没有直接谈过，不知他在澳大利亚的生活如何，接受了哪些有益的刺激，新生了哪些烦躁。他离开业界时好像彻底厌倦了，之后是以何种心情复归的呢？详情我都不知道。也许是他梦想过的自然生活并不如意；也许因为他的身体已被大城市驯化，一过起植树生活，就感到不方便和不满意了；也许他休息了一年，之前的烦恼和压力都不再当回事儿了。这都是我的想象。

我憧憬从战场上生还的库夏娜

听到他的经历后，不知为什么我想起了《风之谷》里的庭园场景。

“你也知道，人类的身体已经从根本上改变了……”“为了能在污染后的世界里生存……”

这是神秘的庭园主人的台词。这人甚至知晓散发毒气的巨大菌类森林——腐海的起源。故事临近尾声时，女主角娜乌西卡带领巨神兵（一种人类制造出的外形可怕的生物武器）走向坟墓时，庭园主人引导她进入庭园，那里保存着原本已消失的动植物、音乐和清净的天地。庭园主人让满身疮痍的娜乌西卡在那里休养身体。由此，娜乌西卡颠覆了一直坚信的价值观——“难道没有毒，我们就无法生存吗”——第一次清楚地知道，诞生于千年之前的腐海，并不是环境污染的偶然产物，而是一千年前人类为了治理荒凉不毛的大地亲手种植的，腐海之树完成使命之后便会枯萎。在了解了这些后，她便离开了静谧清净的庭园。

我们如今面临新冠病毒的威胁，街上的人们都戴着口罩，这种情景让很多人联想起风之谷居民的防毒面具。长期以来被评价为宫崎骏代表作的 1984 年电影版《风之谷》公映时，漫画版《风之谷》还在连载，1994 年才完结。

电影里，愚蠢的人类造成环境污染之后，开始试图补救，促进净化和资源再生，主题带有明显的环保思想。而那时懵懂无知的我，完全被大都会最肮脏污浊的部分吸引去了，对电影的思想和结局很不以为然。电影里的女主角以自我牺牲的姿态立于污浊世界的深渊，却未染丝毫污秽，这种人物让我觉得非常陌生，有距离感。直到很久之后，我主动跃入污泥，开始感到倦怠和疲惫的时候，才读了漫画版。

漫画中，衰败的都市和腐海是相通的。都市产业文明蓬勃发展，转而衰退，“烈火七日战争”使得有毒物质充斥于世，城市永远地荒废了，成了不毛之地。巨大化的昆虫栖息在散发着毒气的腐海里，人类从此进入了漫长的黄昏时代。漫画中的矛盾对立和世界观，比电影更深入复杂，故事情节、结局、人物和战争的设定也大不相同。

电影里侵略军的将领库夏娜，在漫画中是娜乌西卡故乡盟国的公主，统领边境诸国的军队。库夏娜的兄长们为争夺父王的王位钩心斗角，她被卷入其中，身受迫害，有性命之忧。但库夏娜天生骁勇，能说出“就那么痴心想要王位吗？且看我用沾满鲜血的手抢过来好了”之类非常酷的台词。她化暴力为正义，以英勇智慧战胜兄长，从战场生还。我喜欢库夏娜这个角色，为了她，我痴迷地看起了漫画。

即使变不成娜乌西卡，也可以和她走上同一条路

库夏娜愿意在现实世界里弄脏自己，不否定暴力；而娜乌西卡姿态高洁，从不绝望。两人之间有着微妙的龃龉。娜乌西卡乘着白鸟之翼飞行器华丽地飞上高空，高洁无垢，她反对库夏娜的做法："这是什么战争！一丝一毫的正义，也看不到。"揽下了脏活儿的库夏娜反击："你不愿意弄脏自己的手，却来命令我，可恶。"后来，库夏娜接受了娜乌西卡的一部分建议，以此为条件，强迫娜乌西卡也加入战争。

库夏娜有自己的正义方向，对变脏这种事，她从来都没有犹豫。但当她看到娜乌西卡那貌似毫无现实意味的高洁精神后，自己也逐渐发生了变化。"娜乌西卡，你走你的路吧，那是一种挺不错的活法儿。我走我的血腥之路、被诅咒的路，和父母兄弟举刀互砍好了。"她尊重两人的差异，随着战争愈演

愈烈，不知从何时起，库夏娜变了，她可以像娜乌西卡那样，在悲惨的战场上抱着死去的部下，感受逝者的体温，为逝者痛心地哼唱摇篮曲了，虽然接下来她马上又说“这种事我做不出第二遍，也不想再做了”“我不要侮蔑和憎恶，更不要悲伤，我要燃起熊熊怒火”。她担心自己的活法会被娜乌西卡的精神所否定，两人之间依旧存在着微妙的不和。

我做“夜场公主”时做出的选择，从中得到的东西都是无法净化的，所以那时我觉得库夏娜的态度才是美的。但在看漫画的过程中，我渐渐感到娜乌西卡的纯洁性是必然的，她不能被染脏。小时候我觉得娜乌西卡过分高洁，是极其遥远的存在，漫画一度否定了这样的娜乌西卡。“虚无”出现在她的脑内意识里，尖锐地批评她：“看看你的脚下，这数不清的死者里就有你亲手杀死的人。人类愚蠢而贪婪肮脏，你不过也是其中一个。”可是，娜乌西卡无须被“虚无”批评，她早就接受了事实，知道自己是被诅咒的人类，知道栖息在腐海里、净化着世界的虫类才更高尚，所以她一度不再想活下去，“我也想变成腐海森林的一部分……”

看电影时，我感觉娜乌西卡过分完美了，几乎只能存在于中年男的痴心幻想中。她之所以能如此高洁，充满自我牺牲精神，是因为对“活着”没有执念，活着还是死去，都无所谓。反过来也可以说，她缺乏对死亡的恐惧。

就如娜乌西卡心声的明示：“太美了……如果我们知道死后的世界是这样子，那明明可以活得更平和些。”她作为愚蠢人类的一员，并不认为死亡是特别可怕的事。她可以通过自我牺牲去净化世界，能够心甘情愿地死。在年少无知的我眼中，这确实是一种自我牺牲、利他的精神，世上俗人无法企及。同时我也觉得，如果克服了对死亡的过度排斥，这种利他精神是必然而生的。与此心态截然相反的，是夜场欢乐街人的心境，夜场人总把“好想死啊”挂在嘴边。就像娜乌西卡说的，“脆弱之心，临渊即碎”，“你凝视黑暗，黑暗也在凝视你”。确实，一个人看透死亡本质时，未必渴望死，反倒会感觉到活着这件事太可怕了，坠入黑暗太可怕了。想逃离这些恐惧的时候，死才成了甜美的诱惑。

人是动物，有求生本能，就像摔倒时，会下意识地护住心脏和头部。人如果没有这种本能，便活不长久。但人活着也很难。一边想不徐不疾地活着，一边又感到死亡如影随形，必将到来，意义过剩。在我看来，一个人如果自私，对他人过度残忍，他必定对死有强烈的畏惧。

不仅仅是夜场，环顾当今世界，社交媒体上充斥着各种恶毒发言。新冠病毒威胁之下，人们再也不能保持事不关己、高高挂起的态度了。很多人憎恶移民，憎恶和自己不一样的人。我想起娜乌西卡的老师犹巴的话：“就算我们不能变成娜乌西卡，也可以和她走同一条路。”我觉得这句话的深意是，无须把死亡当作异物，无须从中过度寻找意义，我们可以做到的是稍稍远离。

接受愚蠢和肮脏，去爱这个世界

对我来说，一方面，风之谷的腐海就是黑暗的夜晚，是歌舞伎町，是黄金町[1]，是色情影片业的琐碎日常，是酒吧门口灯光熠熠，等待夜总会小姐下班后雪崩似的涌入；另一方面，我也曾在大学里钻研过，最终得出这个社会从结构上就是偏移而疯狂的结论。我越来越切身感到，人虽然可以学到正确的东西，但无法生活在正确里。白天我读着宏伟高尚的论文，晚上

1 位于日本横滨市。此处指旧时由黄金町、日出町和初音町组成的色情产业街，现在的黄金町也是知名社区艺术项目所在地。

呼吸着俗气肮脏世界里的空气。在这种矛盾的循环往复中，我迷惘究竟什么是善，什么是恶，什么是对，什么是错。我也想彻底摆脱迷雾，去南方的岛屿天堂种树，但我已经做不到了。而且，只要去了南方岛屿就能找到一个没有迷雾的世界吗？这不过是我和助理的一厢情愿而已，脑内虚构罢了。

娜乌西卡说过两句意思相近的话，一句是对巨神兵，一句是对庭园主人：

“如果只以敌人和朋友去区分世界，一切都会被驱除、焚毁，荡然无存。”

“如果以清净和污浊的标准区分世界，就会什么都看不清了。”

如果我们想把世界分成对与错、善与恶、敌与我，就有两条路可走：化身为正义，持续斩断恶；破罐子破摔，活在露骨的恶里。年轻的我觉得这两种态度都太无聊，而且我堕入的是最为人所不齿的、被世人认定为“错”的世界。我站在那里，看到肮脏与正确之间存在着浓度的交混与增减，无数人间世相散落其中，那才是人们现实的生、真实的死。

再说漫画版，它不像电影版那样以胜利结尾，最终没有给出答案，没有给“正义”下定义。漫画中的人物宣言：“我们要在人类玷污的黄昏世界里活下去。”面对人的愚痴和世界的肮脏，娜乌西卡选择了接受，选择了去爱。从某种角度看，她这么做，似乎是放弃了初衷。不管别人如何，我感到很欣慰。因为那时我想在夜晚的黑暗中找一个落脚点，又不愿意完全堕入黑暗，正当我无所适从、疲惫不堪时，娜乌西卡的这种选择，深深激励了我。即使娜乌西卡放弃了最终的解决方案，但对我，以及和我一样在腐海里彷徨无助的年轻人来说，娜乌西卡与腐海共生的宣言就是一种答案。它让我们知道，我们可以放开自己，不必在那个被认定为恶、错误和公敌的地方，一味承受世人的嫌恶，直到死也屏声静气，不发出声响。

故事结尾提示了一种人生观：“为什么那些人意识不到呢？生命就是清净与污浊的交混。”我带着被腐海瘴气蚀烂的身体，有时生活在清净中，有时彷徨于污浊里，庆幸自己没有丧生于腐海。正因为我亲历过污浊，所以坚信自己站在清净之地时，也能接受污浊，不把它视为恶敌。我永远不可能变成娜乌西卡。我不能飞上高空；我想维持自己的生活；朋友受到伤害时，我会生气；我曾被寄予厚望，后来才知道自己没什么才华，各方面都很平庸；有时我也想把世界简单地二元对立起来，每到此时，我就会想起《风之谷》里的台词。

写在最后

尽管如此，依旧要带着绝望去期待

“想法不同才打仗的吧？”208追问。

“也可以这么说。”

“就是说有两种对立的想法？”208问。

“是这样。可是，世界上有差不多一百二十万种对立的想法。不对，说不定更多。”

“就是说，几乎谁和谁都成不了朋友？”209问。

“多半是这样。”我说，“几乎谁和谁都成不了朋友。”

这就是我在七十年代的生活方式，陀思妥耶夫斯基预言过，我坐实了。

——村上春树《1973年的弹子球》

每当我翻阅旧书，无论是从现在公寓的书架上取下的，还是从父母那儿我的旧房间书架上取下的，随便翻翻，总能看到一些折角的书页和用便签条标出的字句。有些我记得很清楚，知道是哪些字句吸引了我。有些早就忘了，时隔很久想起来，只觉得文章写得出色。认真重读一遍，也不知道当时为什么折角，为什么用便签条做了记号。

我不是个惜物的人，也许有些折角只是我不小心；有些可能是二手书，买来时就有折角；母亲经常送给我书，可能是她折的；我经常借书给朋友，说不定是朋友折的；书中的便签条，也许只是顺手当了书签，一直没有取下来。但我确信，其中一些字句，对当时的我来说很重要，而现在的我，可能早已不需要了。我发现即使是同一本书，阅读的时间不同，喜欢的段落也会变化。同一位作家的作品，过去喜欢这本，后来更喜欢另一本。过去曾迷恋的作家，现在感觉有点无聊。随着年龄增长，生活环境改变，这种情况经常发生。这样也挺好的，我想。这就是读书的乐趣。

我标注过的词句，也许只是我在人生极短的一个时期内强烈渴求过的东西。现在的我无意以任何方式贬低它们的重要性。还有一些贴便签条的词句，我看到便签条的瞬间，便猛然想起当时贴它的详细情形。本篇《写在最后》的标题，出自弗朗索瓦丝 · 萨冈关于人生和创作的采访录。

“我想，我只能这样看待人生，就像看一场上演过的喜歌剧，我知道剧的结尾，依旧怀着绝望在期待着什么。”

——弗朗索瓦丝·萨冈《与爱相似的孤独》

读这篇采访录时，我上了大学，尚未在学习里发现兴奋点，只是和高中时代的玩伴一起，去各家夜总会打了很多次体验性的零工。每天都很好玩，只要有酒喝，一切都变得愉快了。高中时我夜夜疯玩，为了考大学曾老实学习过一阵子，没想到花费心思考上大学后的生活却是日日宿醉和不时拿到些日结工资单。这种生活持续了很久，我觉出了无聊。虽然我早就知道会这样，但依旧被现实捶打了：如果奢望过戏剧性的人生，不过是徒费力气而已。

就在同个时期，我在一本浅田彰[1]的书里，贴了很多同一品牌的便签条。这本是初版，上高中时父亲送给我的。当时，我既不懂德勒兹[2]，也不知道拉康[3]，拿到书后扔在书架上没有读，上大学后才开始看。我很喜欢序言部分的“我喜欢时代的感性”，其中写到大学，有一句是“冷脸没兴趣时，就鼓起劲儿乘势。乘上势头了，再冷脸放开”。

重点就是主动进入“浊世”，在里面徜徉，让自己暴露在危险之下，同时绝不放弃批判的立场。深入主题，沉浸式参与，同时又不留情面地回避、切断、抛弃。不言

1 浅田彰（1957— ），评论家。1983 年出版的作品《构造与力》是影响一代日本读者的畅销书。

2 吉尔·德勒兹（Gilles Deleuze，1925—1995），法国后现代主义哲学家。代表作《反俄狄浦斯》《千高原》等。

3 雅克·拉康（Jacques Lacan，1901—1981），法国哲学家、精神分析学家。代表作《拉康文集》等。

而喻，同化与异化的尖锐张力形成的高度批判性经验的边界，值得被称为真正的“知”与“理性”。

——浅田彰《构造与力》

萨冈和浅田彰的两段话，有完全不同的背景。我那时无知，无视了文脉背景，只截取了美丽的句子随身携带，让这些词句在我的人生里发挥作用。它们对我的作用很相似。在那时的我眼中，都市深处早已被安全的景象侵染，就连夜晚的黑暗也不过是无聊的重复而已。我那时年轻，虽然拥有用不完的青春闲暇，却才华平庸，没有足够的聪明，面对安全和无聊，找不到能凌驾其上的价值与欲望，这些词句就像我的救命稻草。后来我停止上课，只保留了大学学籍，在色情影片业干了一段时间。有时懒得拍片，索性在横滨和新宿的夜晚欢乐街里胡混日子。我把这些救命稻草般的话语安置在脑内的某个特别角落，醉醺醺时忘记，到了素面无妆时，又会频频想起。

我仔细观察过，发现在暗夜欢场里，也有人比我读过更多的书。米歇尔 · 维勒贝克[1]至今也是我最喜欢的作家之一，最初是一位 AV 导演推荐我去读的。这位专拍 SM 的导演，年轻时因对萨德侯爵感兴趣而沉迷过法国文学。我和他在 SM 片的拍摄现场相识。那天在场的还有另外一个女优、一个专业的紧缚绳师、一个擅长拍 SM 片的男优。另一个女优是新人，拍摄过程不顺利，所以我们有很多时间谈论与 SM 无关的话题。我讲了喜欢的小说，导演听完，告诉我："维勒贝克的小说最近出了好几本日译，你肯定会喜欢。"正巧那天我要在代代木的 AV 事务所过夜，第二天直接就去新宿的纪伊国屋书店[2]买了维

1 米歇尔 · 维勒贝克（Michel Houllebecq，1956—　），法国作家。因《基本粒子》而爆红，凭《地图与疆域》获 2010 年龚古尔奖。

2 代代木离新宿非常近。

勒贝克的书，上了电车就开始读，一路读到我在横滨的公寓。

这本书里有很多意图不明的折角，想来是因为书里充满了精细的隐喻和漂亮句子，击中了当时的我。现在重读，发现已基本忘光了情节，不过男主角在塞夫勒－巴比伦车站看到一句“上帝要的是不平等，并非不公”的涂鸦，以及他住院期间的一天早晨，心理医生的助理问他“所以，你究竟为何如此不幸”这几个段落，即便现在我也会贴便签条做记号。当时，维勒贝克最让我信服的地方，用通俗的话来说就是，他对蔓延于世的“积极心态”毫不关心，或者说根本不屑一顾。小说的结尾就是证据：

> 我在裂缝的正中央，感觉我的皮肤就是边界，外部的世界仿佛带着毁灭性的压力。分裂已充斥在所有地方，从此我就是囚犯，被囚禁在叫作自我的笼子里。不会有什

么崇高的融合。我没能完成活着的目的。现在，下午两点。

——米歇尔·维勒贝克《战线的延伸》[1]

记得那天我在电车上看得很起劲儿，在马车道站下车后，不想断开读书兴头，立刻进了检票口旁边的咖啡馆，埋头读了两个小时。回到公寓后，临睡之前读了剩下的几章。回想起来，拍SM片的日子，是我最远离大学的一个时期，没听过一节课，没摸过一本新书，身体的某个部分似乎完全枯萎了。那时记忆的角落里，散落着从前大量读书时残余的零碎文字，我以它们为刀叉，咀嚼过世界，也许因为已经多次反刍过，开始在意它们的欠缺和偏颇了。读了几本维勒贝克，时隔很久后，我去了横滨的有邻堂[2]，血液中残余的高浓度酒精和昼夜颠倒的不适

1 《战线的延伸》发表于1994年，是维勒贝克的第一部小说。

2 日本大型连锁书店。

感不时袭来，我昏头昏脑地买了十几本书，有新书[1]，也有小说。记得有几本是大塚英志[2]和中原昌也[3]的书，其他的忘记了。这些书究竟有没有看完，我不记得了。总之读着这些书，度完了休息日，之后我把夜场工作量减少了一大半，返回大学听课了。

那时候，我的大学同学已经纷纷开始找工作了。我不愿找那种每天都要出勤的白昼工作，想在大学里确保一个位置，就参加了两位教授的研究室。一位是文艺评论家福田和也教授，一位是历史社会学者小熊英二老师。之所以选了这两位，是因为我读过他们的书，知道他们的名字。也因为系里有很多技术

---

1 一种书籍类型，软皮装帧，尺寸细长，比文库本大，比精装单行本小，便于携带。大多是面向普通读者的科普性政治学、经济学、社会学类书籍。

2 大塚英志（1958—　），评论家、小说家、学者。代表作《“御宅族”的精神史：1980年代论》《多重人格侦探》等。

3 中原昌也（1970—　），音乐家、评论家、小说家。

型学生，我不懂计算机知识也不成问题。上到大学四年级，我第一次去听了研究室的课。之后的两年时间是大学生活的全部记忆，那时甚至有种迟了三年终于上了大学的新鲜感。

夜场和白昼太不一样了，适用常识不一样，时间感觉和金钱感觉不一样，有时连语言都不通用。二十一岁的我，是个彻底的夜人，仅仅三个月之前，我还处于夜场的晕眩刺激里，完全无法想象自己会在固定时间去上课，参加研究小组，在图书馆查阅资料，在家里写论文，与老师同学去便宜的居酒屋悠闲聊天。虽然夜场的刺激早已变得庸常无趣，但依旧称得上眼花缭乱。

现在想来，那段时间的阅读，像一段长度勉强刚好的梯子，将我的两个维度不同的世界连接到了一起，带来了比弹子房、高级香槟和蹩脚的性爱更持久的刺激。

最初听课时，我只是图新鲜有趣，每天穿着廉价衣服，带着文具，听同组学生演讲，听老师讲课。渐渐地我发现，与梳着高高蓬发、喝酒欢笑的夜场酒友相比，这些穿着不起眼的深蓝色毛衣、脸上毫无妆痕的大学同学，其实更脱轨不羁，手里拿着更锋利的刀，极其刺激。即使后来我“假扮大学生”的新鲜劲儿过去了，学校对我来说也依旧充满魅力。那段时间我读了很多书，之后换了一所大学，读了研究生，戈夫曼[1]、肯尼思·伯克[2]、保罗·威利斯[3]的书便是契机。那时我还迷恋上了鲍德里亚[4]。

---

1 欧文·戈夫曼（Erving Goffman，1922—1982），美国社会学家。代表作《日常生活中的自我呈现》，开创了社会学研究中的“拟剧论”。

2 肯尼思·伯克（Kenneth Burke，1897—1993），美国修辞学家、文学理论家。代表作《作为象征行动的语言》等。

3 保罗·威利斯（Paul Willis，1945— ），英国社会学家、教育文化研究代表人物。代表作《学做工：工人阶级子弟为何继承父业》等。

4 让·鲍德里亚（Jean Baudrillard，1929—2007），法国哲学家。代表作《消费社会》等。

最重要的是，我得遇良师益友。在最后一滴体液被夜色彻底侵染前，幸好遇到他们，让我变成了大人。福田老师的研究室里，一个比我小一岁的女生和我关系最好。一次她借给我一本已读得破破烂烂的精装书，说想听我的读后感。我读了，认为不过是些爹味说教，仿佛从头到尾都在训诫读者“要学会谦虚”。那时我年轻气盛，满心叛逆，随便嘟囔了几句就还了书。过了几年后，我突然想重读其中的几个段落，自己又买了一本。那时是我做新闻记者的第二年，我心里念着的正是这一句：“你没有亲身感受吧？不知道你无法身临的地方，也是真实世界的一部分。”

“嗯。对啊，你要是这么说，我只有十九岁的经验，之后的还没经历过，能说什么呢。”

“所以我才想这么说。”我说。

“意思是让我闭嘴？”

“我的意思是，你现在的感觉和想法，并不是一切。”

“还是想让我闭嘴嘛。”

“我不是这个意思。”我说。

——保坂和志《对话集 Conversation Piece》

在此，我想衷心感谢中央公论新社的山田有纪女士。起初，她提供给我一个机会，希望我在《中央公论》杂志上连载关于寺山修司的书评。我浪费了时间，却什么也没写出来，很难为情。山田女士又给了我一个连载栏目，让我自由选书下笔，并将连载栏目整理出版，才有了本书。

其实，我没有特别明确的选书目的，只是有个大体想法——将来可能出卖肉体的女孩、将要变成夜场女王的女孩、将要和渣男同居的女孩、偶尔也认真思考友谊和世界和平的女孩，在她们二十岁之前，房间的书架上若是有这些书就好了，所以选了本书里提到的二十本书。

这些基本上都是我在回想自己的青春时，不知不觉间想起的书。回想起这些书时，我也想起了自己的青春曾那么幸运、那么浪荡、那么快活、那么危险无比。

之所以把书名定为《恶女书架》，是因为我的身体里流动着年少无知时形成的娼妇的血[1]，而我恰好也是一个读书的娼妇，始终觉得书籍拯救过我。也许我们不必读大量的书，有时忙碌到没时间读，而且很多书也不值得看。但是，我年轻时干遍了伤害身体的事，是书籍为我的青春增添了色彩，将我掬出

1　原书名为『娼婦の本棚』。

泥潭。我想感谢这些书，也希望所有年轻女孩、曾经年轻过的女人、为女孩和女人的人生增色添彩的男人，希望他们的人生都能因为与书相遇而变得丰富多彩。

铃木凉美

2022 年 1 月

作　者

铃木凉美

1983年生于东京。本科就读于庆应大学，硕士就读于东京大学。2009年成为新闻记者，2014年辞职并全职写作，已出版作品《始于极限》《献给爱与子宫的花束》《资优》等，连续2年入围日本最高文学奖芥川奖。

译　者

蕾　克

生于北京，现定居东京。译著有《老妓抄》《花束般的恋爱》《往复书简：初恋与不伦》《闭经记》等。

主　　编 | 徐　狗
特约编辑 | 徐　露　徐子淇

营销总监 | 张　延
营销编辑 | 狄洋意　许芸茹　韩彤彤

版权联络 | rights@chihpub.com.cn
品牌合作 | zy@chihpub.com.cn

出品方　春山望野（北京）
文化传媒有限公司

Room 216, 2nd Floor, Building 1, Yard 31,
Guangqu Road, Chaoyang, Beijing, China